Chères lectrices,

Le Brésil… Le simple nom de ce pays d'Amérique du Sud ne suscite-t-il pas en vous des envies de voyage ? N'avez-vous pas soudain envie de paresser sur des plages de sable blanc, de contempler la baie de Rio illuminée de mille feux, d'esquisser un pas de samba lors du carnaval ? Et pourquoi pas, de rencontrer un de ces hommes fiers et ténébreux, dont le regard sombre et intense semble une invitation à l'aventure ?

Pour notre plus grand plaisir, c'est dans ce pays vibrant de passion que nous emmène ce mois-ci Michelle Reid, avec le deuxième volet de la trilogie « Héritage pour trois playboys » (Azur n° 2589). En lisant ce roman intense et prenant, vous découvrirez comment Anton, le deuxième fils illégitime d'Enrique Ramirez, doit retrouver et épouser la belle Cristina, la femme qu'il a jadis follement aimée et qui l'a trahi. Entre eux deux, dans un décor exotique et sensuel, la passion va de nouveau flamber, incandescente.

Excellente lecture,

La responsable de collection

Ce mois-ci,
ne manquez pas votre deuxième
rendez-vous avec

La saga des McKinnon

de Barbara Hannay

En quittant Southern Cross pour Brisbane, Annie ne s'attend pas à ce que le jeune homme avec lequel elle dialogue sur internet depuis des semaines se dérobe à leur premier rendez-vous ! Ni qu'il se fasse excuser par son oncle, un séduisant professeur qui ressemble de façon troublante à celui qu'elle espérait…

Coup de foudre à Brisbane

— Azur n° 2590 —

Une ardente attirance

SARAH MORGAN

Une ardente attirance

COLLECTION AZUR

éditions Harlequin

Cet ouvrage a été publié en langue anglaise
sous le titre :
PUBLIC WIFE, PRIVATE MISTRESS

Traduction française de
FRANÇOISE PINTO-MAÏA

HARLEQUIN®

est une marque déposée du Groupe Harlequin
et Azur ® est une marque déposée d'Harlequin S.A.

83-85, boulevard Vincent-Auriol, 75013 PARIS — Tél. : 01 42 16 63 63
Service Lectrices — Tél. : 01 45 82 47 47
ISBN 2-280-20488-6 — ISSN 0993-4448

1.

Non, ça n'était pas possible, elle n'allait pas mourir !

Cette pensée revenait, tel un douloureux leitmotiv, dans l'esprit de Rico Crisanti. Le PDG de la Crisanti Corporation fixait obstinément la vitre qui séparait la salle d'attente de l'unité de soins intensifs, indifférent aux coups d'œil appuyés que les infirmières lançaient dans sa direction. Il avait l'habitude que les femmes le regardent ainsi, mais, depuis deux semaines, il avait bien autre chose en tête.

Le corps contracté par la tension, il ne pouvait détacher ses yeux de la forme inerte allongée sur le lit, entourée de médecins et d'appareils ultrasophistiqués.

Il avait ôté sa veste et relevé les manches de sa chemise de soie. Sa barbe naissante devait lui donner davantage l'air d'un bandit que d'un homme d'affaires, pensa-t-il, avant de soupirer. Attendre n'était pas son fort. Il était un homme d'action, habitué à diriger. Or, pour la première fois de sa vie, il découvrait qu'il y avait une chose sur laquelle il n'avait aucun pouvoir et que l'argent ne pouvait acheter : la vie de sa sœur…

Il laissa échapper un juron, luttant contre l'envie de frapper la vitre de son poing. Bon sang ! Jamais encore il ne s'était senti aussi désemparé.

Refusant de prêter attention aux sanglots étouffés de

sa mère, pas plus qu'à la mine lugubre de sa grand-mère, de sa tante et de ses deux cousines, il fixait la silhouette immobile dans un silence buté, comme si sa seule force de caractère pouvait faire sortir Chiara du coma.

Il inspira profondément et tenta de se concentrer, mais le manque de sommeil obscurcissait son esprit. L'angoisse, surtout, le paralysait, et il lui était de plus en plus difficile de sortir de cette inertie.

Il se passa une main sur la nuque en entendant sa mère étouffer un sanglot.

Chiara pouvait maintenant respirer sans assistance, mais elle n'avait encore pas toujours repris conscience. Elle était dans un état critique, et personne ne pouvait prévoir l'issue de ce combat. La vie ou la mort...

Et, si la vie l'emportait, Chiara serait-elle à jamais handicapée ou pourrait-elle reprendre l'existence qu'elle avait menée avant cette maudite chute de cheval ?

Rico retint un nouveau juron. L'horrible torture mentale qu'était l'attente se prolongeait, et il savait qu'elle minait aussi sa mère. Il devinait l'incertitude cruelle dans laquelle elle se débattait : ce jour serait-il celui où elle perdrait sa fille unique ?

La promesse qu'il avait faite à son père de pourvoir aux besoins de sa famille lui semblait soudain vide de sens. A quoi servait-il qu'il eût fondé un puissant empire commercial à partir de rien, avec pour seul atout sa détermination farouche ? Il s'était peu à peu persuadé qu'il n'y avait rien qu'il ne pût dominer, pourvu qu'il en eût la volonté. Et il avait fallu l'accident de sa sœur pour qu'il se rappelle que la richesse ne protégeait personne de la loi du destin.

En proie à un terrible sentiment de frustration, il déboutonna le col de sa chemise et se mit à arpenter la petite pièce. Une émotion peu familière lui serrait la gorge et, pour la première fois depuis l'enfance, il sentit les larmes lui brûler les yeux.

Maudissant sa faiblesse, il secoua la tête. Il devait recouvrer ses esprits. Il n'aiderait personne s'il s'effondrait. Toute sa famille était sur les nerfs, se raccrochant aux espoirs infimes que les médecins distillaient avec réticence. Et il était le roc sur lequel tous s'appuyaient : il ne devait pas flancher.

Rico reprit place devant la vitre. Soudain, la porte s'ouvrit, livrant passage au chef de service et à plusieurs jeunes assistants.

Sans prêter attention à l'agitation de ses gardes du corps devant cette intrusion, Rico concentra toute son attention sur le médecin. Il devinait à son attitude qu'il avait des nouvelles à annoncer. Et, brusquement, il eut peur de poser la question qui s'imposait.

— Du changement ? demanda-t-il enfin d'une voix rauque. Y a-t-il du nouveau ?

— Un peu.

Le médecin s'éclaircit la gorge, visiblement intimidé par l'homme qui lui faisait face.

— Ses fonctions vitales se sont un peu améliorées et elle a repris conscience, brièvement. Elle a parlé.

— Parlé ?

Le soulagement envahit Rico et, pour la première fois depuis des jours, il se sentit plus léger.

Le médecin acquiesça.

— Il était très difficile de la comprendre, mais l'une des infirmières pense qu'elle a prononcé un nom.

L'homme hésita et les regarda tous d'un air interrogateur.

— Stasia. Ça ressemblait à Stasia. Est-ce que cela vous dit quelque chose ?

Stasia ? Sous le choc de cette révélation, Rico se figea. Derrière lui, sa mère laissa échapper un cri étranglé et sa grand-mère émit un gémissement douloureux.

Il contracta les mâchoires et passa une main sur son front. Sa sœur luttait contre la mort ; il n'avait certainement pas besoin de penser à Stasia. C'était à croire que le destin s'acharnait contre lui…

Le médecin toussota.

— Ecoutez, quelle que soit cette personne… pourrait-elle se présenter à l'hôpital ?

Ignorant les protestations de sa mère, Rico se concentra pour réfléchir rapidement. La guérison de sa sœur était une priorité absolue. Sans trop savoir comment, il parvint à articuler :

— Cela ferait-il une différence ?

— C'est possible. C'est encore difficile à dire, mais il faut tout essayer. Peut-on la contacter ?

Pas sans qu'il m'en coûte terriblement…

Sa mère se leva, le visage crispé par la colère et la douleur.

— Non ! Je ne veux pas la voir ici ! Elle…

— Ça suffit ! intervint Rico d'une voix glaciale.

Il n'avait aucune envie d'attiser la curiosité de l'équipe médicale alors que la presse internationale campait déjà devant l'hôpital.

Stasia. Quelle ironie qu'on lui parlât d'elle aujourd'hui, quand leur union était sur le point d'être définitivement rompue ! Il n'avait pas pensé qu'il serait obligé de revoir sa femme un jour. Depuis quelques mois, ses avocats préparaient leur divorce. Ainsi, il serait libre de se remarier, cette fois avec une Italienne douce et accommodante, qui saurait assumer le rôle d'épouse d'un Sicilien attaché aux traditions. Et pas avec une flamboyante et indocile Anglaise…

Il inspira profondément, tandis que l'image de Stasia envahissait son esprit. Belle et sauvage Stasia... Une pulsion de désir brûlant et primitif, le parcourut. Malgré les circonstances affligeantes de leur séparation, il avait toujours envie d'elle. Pourtant, il n'était pas sûr de souhaiter la revoir. Au cours de l'année qui venait de s'écouler, il avait appris à la détester, à la considérer pour ce qu'elle représentait réellement dans sa vie. C'est-à-dire une *erreur*.

Rico regardait sa sœur tout en passant en revue les possibilités qui se présentaient à lui. Celles-ci étaient hélas très limitées dans la mesure où ses propres désirs passaient après le rétablissement de sa sœur. Il allait devoir affronter Stasia.

Après tout, ce ne serait qu'une pause dans la procédure de divorce qu'il avait entamée, se rassura-t-il. Il ferait venir sa femme en avion. Puis, une fois qu'elle aurait accompli ce qu'on attendait d'elle ici, il la renverrait chez elle. Il éviterait toute conversation avec elle ou s'en tiendrait au strict minimum. Pour sa part, il n'avait aucune envie d'évoquer le passé. Et encore moins de passer du temps avec elle.

Il ébaucha un sourire sinistre. Eblouissante et insoumise Stasia, qui ne s'était jamais pliée aux idées que sa famille avait de la parfaite épouse sicilienne. Pas plus qu'aux siennes. Il lui avait tout donné. Et, pourtant, cela n'avait pas suffi.

Le médecin toussota discrètement et Rico tressaillit.

— Je l'enverrai chercher, répondit-il enfin.

Il se tourna vers Gio, son garde du corps et responsable de l'équipe de sécurité.

— Contacte-la et prends toutes les dispositions pour la ramener ici le plus vite possible.

Rico lut l'étonnement dans le regard de l'homme qui le connaissait depuis l'enfance, et entendit l'exclamation étouffée de sa mère. Il serra les dents. Le jour viendrait où il relèguerait définitivement Stasia dans le passé, se dit-il avec ferveur. Et le plus tôt serait le mieux.

Anastasia appliqua la dernière touche au tableau, recula, les yeux plissés, et hocha la tête d'un air satisfait. Enfin ! Il était terminé. Mark serait content.

Après un dernier regard à la toile, elle nettoya ses pinceaux et passa dans la cuisine. Branchant la bouilloire au passage, elle saisit le courrier qui s'était accumulé durant ces deux semaines qu'elle avait entièrement consacrées à son travail.

Tout en parcourant les enveloppes, elle alluma son téléphone portable, qui se mit aussitôt à sonner. Sachant qu'il s'agissait d'un appel de sa mère, elle décrocha en souriant.

— Alors, comment vont les affaires ? demanda-t-elle.

— Florissantes, ma chérie !

Anastasia se réjouit de ce ton enjoué, bien loin de celui de la femme dévastée que sa mère avait été après que son mari l'eut quittée pour une très jeune femme, six ans plus tôt.

Stasia ferma brièvement les yeux en repensant malgré elle à cette sombre période. Elle était alors étudiante en première année à l'Université, et avait appris que dépendre d'un homme était la pire des situations. Après le départ de son père, sa mère avait été incapable de faire face et avait perdu toute confiance en elle.

C'était elle, Stasia, qui lui avait redonné le goût de vivre en la persuadant d'ouvrir une boutique d'antiquités. Petit à petit, le bouche-à-oreille aidant, l'activité s'était développée : six mois plus tôt, un prêt avantageux avait permis aux deux femmes d'agrandir le magasin.

— Nous allons devoir employer du personnel, Stasia,

poursuivit sa mère. Je dois acquérir de nouvelles pièces, et je suis même invitée dans une propriété du Yorkshire pour apporter mes conseils sur la restauration de meubles anciens. Je ne peux pas fermer la boutique pendant ce temps-là. On vient de tout le pays pour acheter, et tu es trop occupée à peindre, de ton côté.

Stasia sourit.

— Je suis heureuse que les affaires marchent aussi bien, maman. Recrute des vendeurs. A propos, le tableau est terminé. Mark peut passer le prendre quand il le souhaite.

— Formidable. Je le lui dirai, si je le vois avant toi. Mais comment vas-tu, ma chérie ? Est-ce que tu manges, au moins ?

— Oui. Et je vais très bien.

C'était un mensonge. Elle se nourrissait peu depuis un an. Depuis qu'elle avait quitté l'Italie, ses émotions étaient si chaotiques que manger ne lui semblait plus important. Mais elle ne voulait pas inquiéter sa mère.

Celle-ci ne fut pourtant pas dupe.

— Ce qui veut dire que tu soupires encore après ce Sicilien. Crois-en mon expérience, Stasia, les hommes comme lui ne changent pas. Ton père était pareil. Je n'étais qu'un objet, et, quand il s'est lassé de moi, il n'a pas hésité.

A cet instant, Stasia entendit une voiture qui remontait le chemin cahoteux qui menait à son cottage, et saisit cette excuse pour mettre fin à la conversation.

— Je ne peux pas te parler maintenant. On dirait que j'ai de la visite. Sûrement Mark, pour le tableau. Je te rappelle plus tard.

Et, sans laisser à Christa Silver le temps de protester, elle raccrocha en exhalant une longue bouffée d'air. Elle adorait sa mère, mais elle ne désirait pas entamer avec elle, ni avec quiconque, une discussion sur son mariage.

La voiture s'arrêta et Stasia ébaucha une grimace. Elle n'avait pas vraiment envie de voir Mark. Celui-ci attendait d'elle plus que des tableaux et ne s'en cachait pas. De son côté, elle ne se sentait pas prête. Le serait-elle d'ailleurs jamais ? se demanda-t-elle brièvement.

Jetant un coup d'œil à son jean barbouillé de peinture, elle ébaucha un sourire désabusé. Elle ressemblait à une souillon ! Mais, en débarquant à l'improviste, Mark ne devait pas s'attendre à autre chose.

Devançant le coup frappé à la porte, elle ouvrit le battant... et resta figée en découvrant son visiteur.

Rico Crisanti ! La dernière personne au monde qu'elle souhaitait voir...

Son cœur fit un bond dans sa poitrine. Tout à coup, le monde sembla vaciller autour d'elle. Un fol instant, elle pensa qu'il était enfin venu la chercher. Puis, revenant à la triste réalité, elle se rappela qu'un an s'était écoulé depuis leur dernière rencontre et qu'il venait d'entamer une procédure de divorce. Ce qui signifiait qu'il était là pour tout autre chose que pour une illusoire réconciliation. Et cela ne l'intéressait pas de savoir pourquoi.

— Non ! s'écria-t-elle.

Son impulsion de lui fermer la porte au nez fut contrée par le réflexe de Rico. Il avait dû prévoir sa réaction, car il plaqua vivement une main sur le battant, empêchant Stasia de le refermer.

— Tu ne réponds pas au téléphoner, ni à ton courrier ! lança-t-il d'une voix dure, tandis que ses yeux sombres et implacables se rivaient aux siens. Sans compter que tu vis dans un lieu si perdu qu'il est presque impossible de te trouver !

— Il ne t'est pas venu à l'idée que je ne voulais justement

pas que tu me retrouves ? riposta-t-elle. Sinon, j'aurais laissé une adresse !

Elle l'avait pourtant attendu, de longs mois. Elle était restée postée à la fenêtre, espérant voir surgir l'une de ses rutilantes voitures de sport au bout du chemin. Mais, peu à peu, elle s'était habituée à l'idée plus réaliste qu'il ne viendrait pas, que tout était bel et bien fini entre eux. Elle en avait conçu une immense amertume, à la mesure de la relation ardente qu'ils avaient partagée. Elle était partie et il ne l'avait pas suivie, voilà tout. Cela en disait assez sur la fragilité de leur mariage. Pour lui, leur brève union ne valait pas la peine d'être sauvée.

Si un jour elle tombait de nouveau amoureuse, ce serait d'un Anglais doux et moderne, pas d'un Sicilien dont l'attitude envers les femmes restait enracinée dans le Moyen Age, et qui pensait que l'argent était la réponse à tous les problèmes !

Mais, malgré elle, une foule d'émotions la submergeait. Ses larges épaules, son port de tête altier et la lueur dangereuse qui brillait dans ses yeux froids et durs... Il était toujours aussi séduisant, pensa-t-elle, en essayant d'ignorer son pouls qui battait à toute vitesse.

Elle s'en voulait de réagir ainsi, contre toute raison. Elle ressentait la même chose que lors de leur première rencontre, quand elle avait été séduite, en une fraction de seconde, par son aura de puissance et son charme de macho sicilien qui attiraient toutes les femmes. Stasia n'avait pas fait exception.

Elle réalisa que Rico regardait vers le fond de son petit cottage, et vit un éclair de surprise traverser ses traits virils. Elle en éprouva une brusque envie de rire, totalement inappropriée. Le richissime Rico Crisanti, qui ne possédait pas moins de six palaces à travers le monde, n'avait sans doute jamais pénétré dans un lieu aussi modeste. A une autre époque, elle l'aurait taquiné là-dessus, mais ils n'en étaient plus au stade des plaisanteries.

— Quel est cet endroit ? demanda-t-il.

— C'est ma maison, répondit-elle, piquée au vif. Et tu n'y es pas le bienvenu.

Elle fit une autre tentative pour refermer la porte, sachant d'avance que c'était une perte de temps. Rico Crisanti mesurait un mètre quatre-vingt-dix et était taillé comme un athlète. Ne sachant comment se débarrasser de lui, elle finit par demander :

— Comment m'as-tu trouvée ?

— Avec beaucoup de difficulté, si tu veux le savoir ! jeta-t-il durement. J'ai déjà perdu trop de temps. Mon pilote est en train de faire le plein et, dans moins d'une heure, nous serons en vol.

Stasia le fixa, bouche bée. « Mon pilote » ? « Nous serons en vol » ? Qu'entendait-il par là ?

— Nous ? répéta-t-elle en laissant échapper un rire nerveux. Tu t'exprimes à la façon des rois, maintenant ? Sérieusement, tu ne peux pas parler de toi et moi ?

Ils n'avaient pas échangé un mot depuis un an. Depuis cette nuit fatale où il l'avait accusée…

— Justement, si, répondit-il avec impatience.

— Je me demande ce qui t'a pris de venir jusqu'ici. Tu sais pertinemment que jamais je n'accepterai de me rendre où que ce soit avec toi. Je te rappelle que je ne suis plus une de tes groupies.

Tout comme elle avait cessé d'être son esclave dans l'intimité. Car, elle devait en convenir, si beaucoup de choses les avaient divisés, le sexe n'en avait pas fait partie. Leur entente physique avait toujours été exceptionnelle.

Au lieu de la réplique cinglante qu'elle attendait, Rico

répondit par un silence oppressant. Pour la première fois, Stasia nota la tension de ses épaules et les signes de fatigue sur son visage. Avec un brusque sentiment de malaise, elle se rendit compte qu'il était épuisé. Rico Crisanti, fatigué ? Lui qui était capable de la tenir éveillée toute la nuit, puis de bondir du lit à l'aube pour assister à une réunion... Quelque chose clochait, c'était évident.

Regardant dehors, elle aperçut le chauffeur et deux gardes du corps qu'elle ne connaissait pas.

— Où est Gio ? demanda-t-elle avec une pointe d'inquiétude.

Pendant la brève période de leur mariage, elle avait appris à apprécier son chef de la sécurité, un Sicilien aussi, qui était pour Rico plus qu'un simple employé. Il le connaissait depuis l'enfance.

— A l'hôpital, répondit-il d'un ton brusque. Il est le seul en qui j'ai confiance pour éloigner les curieux.

— L'hôpital ? Pourquoi ? Que s'est-il passé ?

— Chiara a eu un accident. Une chute de cheval, annonça-t-il d'une voix saccadée. Elle est dans le coma. Je pensais que tu avais lu les journaux. Cette histoire a fait la une de toute la presse.

Chiara était dans le coma ?

— Je ne lis plus les journaux. Est-elle gravement blessée ?

— *Si.*

Il parut s'affaisser, et elle s'alarma. Il avait le teint gris d'un homme qui a atteint ses dernières limites. Instinctivement, elle fit un pas de côté.

— Tu ferais mieux d'entrer.

Il la suivit à l'intérieur, se baissant pour éviter de se heurter au chambranle de la porte. Les sourcils froncés, il jeta un regard désapprobateur au minuscule salon.

— Pourquoi vis-tu ainsi ? Tu es à court d'argent ?

Stasia sentit de nouveau la colère l'envahir. Décidément, il ramenait tout à une question d'argent ! Comment avait-elle pu tomber amoureuse d'un homme incapable de ressentir des émotions ?

— Ma vie ne te regarde pas, rétorqua-t-elle. Tu ne t'y intéressais pas avant, pourquoi le ferais-tu maintenant ?

— Tu ne dois pas vivre ainsi. Tu es ma femme...

Quel argument ! Si la douleur n'avait pas été aussi vive, Stasia aurait éclaté de rire.

— J'aime ma vie telle qu'elle est. Et je ne suis plus ta femme, Rico, déclara-t-elle d'une voix tremblante.

Soudain, elle sentit les yeux noirs la fixer avec une intensité qui la troubla, et la tension dans la pièce s'accrut.

— Je t'ai épousée, dit-il après un long silence.

Ainsi, il considérait que c'était le plus grand honneur qu'il pouvait lui accorder... Décidément, son arrogance était intacte !

— Une impulsion que nous avons regrettée par la suite, riposta Stasia.

Elle aurait voulu qu'il cesse de la regarder ainsi. Elle connaissait trop bien l'intensité de ce regard-là et savait qu'il était sur le point de glisser une main possessive dans sa chevelure et de couvrir sa gorge de baisers brûlants. Ces gestes avaient été le prélude à bien des ébats torrides, éblouissants. Mais leur relation en était restée là. Du moins, pour lui. Car, pour elle, il n'y avait rien eu de plus important au monde. Rico Crisanti était l'amour de sa vie.

Sa respiration s'accéléra et elle réprima de justesse un gémissement. Elle refusait de penser au passé maintenant !

— Ce n'était pas un mariage au sens propre du terme. Nous n'avions rien à partager en dehors du sexe.

Le regard de Rico s'attarda sur son visage.

— Je ne suis pas là pour revivre chaque minute de notre union désastreuse. Mais, que tu le veuilles ou non, jusqu'à ce que le divorce soit prononcé, tu es encore ma femme, déclara-t-il d'une voix dont les inflexions sourdes trahissaient l'effet qu'elle avait sur lui. Et j'ai besoin que tu viennes en Italie. Comprends-moi bien, je n'ai pas l'intention de renouer avec toi. Cette visite n'a rien de personnel.

La douleur fut fulgurante. « Rien de personnel... » Bien sûr, elle le savait. Alors pourquoi le seul fait de l'entendre énoncer cette vérité la blessait-il à ce point ?

— Tu aurais pu envoyer quelqu'un à ta place. J'imagine ce qu'il a dû t'en coûter de venir ! lança-t-elle avec colère.

— La difficulté ne me fait pas peur, répliqua-t-il, les mâchoires crispées.

— Dans ce cas, pourquoi communiques-tu par avocats interposés, Rico ?

— C'est toi qui es partie ! s'écria-t-il. *Dio,* le moment est mal choisi pour ce genre de discussion ! Je ne te demande pas de revenir en Italie pour moi, mais pour Chiara.

La colère de Stasia fit place à la honte. Elle avait oublié Chiara ! C'était la présence de Rico qui lui faisait perdre ses esprits.

— Je suis désolée qu'elle ait été blessée, murmura-t-elle. Mais je ne vois pas pourquoi tu veux que je me rende là-bas.

— Disons que tu fais partie de la famille.

La réponse de Rico la stupéfia.

— Est-ce une soudaine manifestation de solidarité familiale ? s'enquit-elle, incrédule. Il est un peu tard pour ça, Rico.

Jamais elle n'avait fait partie de sa famille. Dès le début, le clan des Crisanti l'avait considérée comme une aventurière, une femme cupide. Engoncés dans leurs préjugés, ils avaient décidé de l'exclure et de la traiter en étrangère. C'était elle qu'ils avaient blâmée en apprenant que Rico l'avait épousée sans les consulter, ni les inviter à la noce. Ce mariage à la va-vite était à leurs yeux la preuve qu'elle n'était intéressée que par l'argent, et certainement pas l'épouse qu'ils avaient souhaitée pour Rico. Celui-ci ne s'était jamais rendu compte de la situation. Quand il s'agissait de sa famille, il avait des œillères.

Il laissa échapper un gémissement sourd et une flamme féroce embrasa son regard.

— *Madre de Dio !* La vie de ma sœur est en danger et tu te mets à critiquer ma famille ?

Stasia se calma aussitôt, épouvantée d'apprendre que l'état de Chiara fût si grave.

— Elle risque de... mourir ?

Elle déglutit avec peine, comprenant enfin la raison de l'épuisement de son mari : il adorait sa jeune sœur.

Rico ferma brièvement les yeux et déclara dans un souffle :

— Les médecins pensent qu'elle vivra. La question qui les préoccupe, c'est dans quelle mesure son cerveau est atteint. Ils ne le sauront que quand elle se réveillera. Elle est dans le coma depuis plus de deux semaines et a subi une grave opération. Jusqu'à présent, elle n'a articulé que quelques mots.

Son expression se durcit.

— Tu vois que tes remarques désobligeantes sont mal venues.

— Je n'ai pas dit de mal de ta famille, répondit Stasia d'une voix sans timbre. C'est seulement ma relation avec eux que je critiquais. Et j'ignorais que Chiara risquait de ne pas s'en sortir.

Profondément émue, elle tendit la main dans un geste instinctif de compassion, et la laissa retomber en rencontrant le regard dur et froid de son époux. Une expression qui disait clairement que Rico Crisanti n'acceptait pas les marques de sympathie. Pas même celles de sa femme.

Stasia battit en retraite, démoralisée par la froide indifférence qu'il lui témoignait. Il n'en avait pas toujours été ainsi. Autrefois, lorsqu'il la désirait de façon insatiable, il n'aurait pu s'empêcher de la toucher...

Mais ce n'était pas le moment de songer à ça. En fait, elle ne voulait plus s'attarder sur le passé.

— Je suis désolée pour Chiara, s'excusa-t-elle d'une voix calme. Naturellement, si je peux faire quoi que ce soit... Mais je ne vois toujours pas pourquoi tu veux que j'aille là-bas.

Rico se passa une main sur la nuque et aspira une longue bouffée d'air, comme s'il voulait retarder le moment de lui dire la vérité.

— Elle t'a demandée.

Sous le choc de cette révélation, Stasia resta muette quelques secondes. C'était bien la dernière chose à laquelle elle s'attendait.

— Chiara m'a demandée ? dit-elle enfin. Tu plaisantes ?

Elle regretta aussitôt ces derniers mots.

— *Dio* ! Est-ce que j'ai l'air de plaisanter ? cria-t-il.

Ses yeux étincelaient de rage, et, involontairement, Stasia recula d'un pas. Cela ressemblait si peu à Rico de perdre son self-control...

— J'ai... J'ai juste du mal à croire qu'elle m'ait réclamée, balbutia-t-elle. Ta sœur m'a toujours détestée.

— Je croyais que nous étions d'accord pour ne plus parler des vieilles histoires ! lança-t-il durement en arpentant la pièce.

Il évita de justesse de se cogner la tête contre une poutre du plafond. De colère, il frappa celle-ci du plat de la main.

— Cette maison est un piège !

Il semblait à Stasia qu'il dominait son minuscule salon de sa carrure. Alors, brusquement, les souvenirs qu'elle essayait d'oublier depuis des mois surgirent de nouveau dans son esprit. Par exemple, la sensation qu'elle éprouvait autrefois en embrassant sa peau hâlée, à la base du cou...

Comme d'autres réminiscences l'assaillaient, Stasia n'eut bientôt plus qu'une envie : qu'il s'en aille, avant qu'elle n'oublie qu'il avait détruit tous ses rêves et qu'elle ne ressentait plus rien pour lui.

Mais, à l'évidence, Rico n'était pas décidé à partir.

— Depuis l'accident, elle n'a émergé qu'une fois du coma, expliqua-t-il. Et ton nom est le seul qu'elle ait articulé. Ton nom !

Il prononça ces derniers mots avec dégoût.

— Et, bien que tu penses le contraire, Chiara t'aimait beaucoup, termina-t-il.

Elle le fixa en silence, en proie à la stupéfaction. Comment un homme de son intelligence pouvait-il être si aveugle ? Chiara la détestait. Et l'adolescente avait joué un rôle majeur dans la destruction de leur mariage. Mais ça, il l'ignorait — car Stasia avait décidé que ce n'était pas à elle de lui apprendre la vérité.

Plongée dans ses pensées, elle passa en revue ce qui avait pu pousser Chiara à réclamer sa présence. La culpabilité ? Le désir inconscient de s'excuser ? Le sentiment d'avoir mal agi ?

Un toussotement discret se fit entendre, venant de la porte.

—Enzo est au téléphone, monsieur, annonça le garde du corps. L'avion est prêt à décoller.

Rico remercia son employé, avant de se tourner de nouveau vers Stasia.

— Nous devons partir immédiatement, ordonna-t-il. Je dois retourner à l'hôpital. J'ai déjà perdu trop de temps en venant jusqu'ici moi-même.

Stasia regretta de ne pas avoir répondu au téléphone ces derniers jours. Au moins, elle aurait été prévenue de l'arrivée de Rico et aurait pu se préparer au choc et à la douleur de cette confrontation. Si elle avait su, elle se serait même cachée.

Encore que... Si Chiara la réclamait, pouvait-elle en conscience refuser d'aller là-bas ? Et la priver de l'occasion de s'excuser, si c'était ce qu'elle désirait faire ?

Elle se mordit la lèvre, sachant qu'elle ne pourrait supporter qu'il arrive malheur à Chiara sans qu'elle-même n'ait fait l'effort de lui rendre visite. L'adolescente avait été horriblement cruelle envers elle, mais Stasia avait toujours espéré qu'un jour Chiara trouverait le courage d'avouer la vérité à son frère.

Restait à savoir si elle aurait la force d'affronter cette famille qui la détestait tant. Elle ferma brièvement les yeux : elle n'avait pas le choix.

— Accorde-moi cinq minutes, le temps de faire mon sac, annonça-t-elle.

Rico laissa échapper un soupir, et ses larges épaules semblèrent se libérer un peu de la tension qui l'accablait.

— Tu n'as pas besoin de bagages. Tu as tout laissé derrière toi quand tu es partie.

— Parce que je n'avais besoin de rien, répondit-elle en le regardant droit dans les yeux.

« Et surtout pas de ton argent ! » se dit-elle. C'était *lui* qu'elle voulait. Mais cela, il ne l'avait pas deviné.

Pour un homme qui courait après l'argent et le pouvoir, l'amour semblait aussi difficile à comprendre qu'une langue étrangère. Et, plus il lui avait offert de bijoux et de cadeaux extravagants, plus elle s'était sentie traitée comme une simple maîtresse. Comme s'il avait voulu la payer pour le plaisir qu'elle lui offrait !

Stasia baissa les yeux sur son jean taché de peinture.

— Laisse-moi me changer, au moins.

— Tu te changeras dans l'avion, décréta-t-il en se dirigeant vers la porte.

Il voulait mener le jeu, comme d'habitude. Il commandait et elle était censée se laisser faire… C'était seulement pour le bien de Chiara, se reprit-elle avec irritation. Car, dans la vie, elle tenait farouchement à son indépendance.

Oubliait-elle que, durant leur mariage, Rico n'avait eu qu'à claquer des doigts pour qu'elle le rejoigne ? lui souffla une petite voix.

Oui, mais c'était fini. Plus jamais elle ne lui céderait…

Stasia ferma brièvement les yeux, soudain submergée par l'énormité de la situation. Est-ce qu'on offrait de l'alcool à un alcoolique repenti ? De la drogue à celui qui voulait se désintoxiquer ? Pourtant, elle allait accompagner le seul homme qui lui faisait perdre la raison. Elle était folle ! Folle de s'imposer une épreuve pareille.

Consciente que Rico l'attendait avec impatience, elle se dirigea vers la porte, le cœur battant sourdement dans sa poitrine.

— Très bien, mais ce sera une courte visite, l'avertit-elle

en plantant son regard dans le sien. Je verrai Chiara, je lui parlerai, et je m'en irai. Ton avion me ramènera.

Elle aurait mille fois préféré rentrer par ses propres moyens, mais elle tenait à passer le moins de temps possible en compagnie des Crisanti.

Un sourire sardonique se dessina sur les lèvres de Rico.

— Rassure-toi, je n'ai pas l'intention de prolonger ta visite au-delà du strict nécessaire.

Elle le croyait volontiers. Cette situation devait être aussi pénible pour lui que pour elle. Il ne lui avait pas caché qu'il estimait avoir commis une grossière erreur en l'épousant, qu'elle n'était décidément pas le genre de femme qu'il souhaitait avoir à ses côtés. Seulement dans son lit !

Tâchant d'ignorer la douleur intense qui fusa en elle à ce souvenir cuisant, Stasia prit ses clés, son sac et lui emboîta le pas. L'espace d'un instant, son regard erra sur les larges épaules dont la puissance se devinait sous le costume parfaitement coupé. Il avait un corps magnifique, dont elle avait été folle dès le premier regard. Habillé, Rico était déjà impressionnant, mais nu...

L'image d'une peau lisse et hâlée, d'une musculature puissante, d'un torse viril surgit dans son esprit. Stasia secoua la tête pour tenter d'évacuer cette vision tentatrice.

Comme s'il avait perçu le tour que prenaient ses pensées, Rico se détourna, et leurs regards plongèrent irrésistiblement l'un dans l'autre. C'était comme si un courant les reliait, et Stasia se surprit à faire un pas vers lui. C'était la réponse instinctive à l'attirance folle qui subsistait entre eux et qui se manifestait encore aujourd'hui.

Une flamme étrange traversa les yeux sombres de Rico. Elle disparut presque aussitôt, faisant place à la froideur et à l'indifférence.

Stasia s'arrêta net, paralysée par la force du mépris qu'il lui témoignait. Avait-elle donc oublié les deux leçons que son mariage avec cet homme lui avait enseignées ?

Primo, que l'attirance physique, même puissante, était une base bien précaire pour une relation. *Secundo,* qu'aimer un homme de toute son âme n'ouvrait pas nécessairement la porte du bonheur...

2.

— Tu peux utiliser la salle de bains. Tu connais le chemin.

Estimant sans doute en avoir assez dit, Rico se replongea dans l'étude de ses dossiers. Il s'était carré dans un fauteuil de cuir crème, son ordinateur portable posé sur la tablette devant lui. Comme d'habitude, il avait l'oreille collée à son téléphone depuis le début du vol.

Rien n'avait changé, se dit Stasia, à la fois blessée par son indifférence et furieuse d'y prêter attention. C'était simplement à cause du choc qu'elle avait reçu en le revoyant, essaya-t-elle de se convaincre.

Oui, elle savait où se trouvait la salle de bains. Au fond du jet luxueux, juste à côté de la chambre. Cette chambre où, une fois, ils avaient fait l'amour pendant toute la durée du vol…

Stasia jeta un coup d'œil vers le fond de l'appareil. Elle avait passé les douze derniers mois à essayer d'oublier, de se libérer du chagrin qui l'avait déchirée. Le fait d'ouvrir cette porte anéantirait-il les quelques progrès qu'elle avait faits en ce sens ?

Bon sang ! Ce n'était qu'une chambre, après tout ! D'un air résolu, elle se leva et foula la moquette moelleuse jusqu'à l'extrémité de l'avion. De toute façon, elle ne s'attarderait pas dans la chambre. Elle enlèverait juste les taches de peinture et soignerait un peu son allure pour affronter sa belle-famille.

Tandis que Rico continuait de parler au téléphone, la main de Stasia s'immobilisa sur la poignée de la porte.

Quand elle l'avait rencontré pour la première fois, elle avait aimé l'écouter parler en italien. Peu lui importait ce qu'il disait. Le son de sa voix la remuait si profondément que son corps était chaque fois parcouru de frissons délicieux. C'était une véritable séduction verbale.

Elle secoua la tête, refusant d'évoquer plus avant ce passé heureux et sensuel. Elle entra dans la chambre, puis s'enferma dans l'élégante salle de bains. La seule façon de survivre à ces prochains jours, se dit-elle, c'était de se rappeler les raisons pour lesquelles ils avaient rompu.

Elle avisa son reflet dans le miroir, nota la trace de peinture sur son front et ébaucha un sourire d'autodérision. Elle ne ressemblait pas à l'épouse d'un des hommes d'affaires les plus puissants du monde... Ce qui expliquait probablement pourquoi ils divorçaient, pensa-t-elle avec amertume en s'aspergeant le visage d'eau froide. Non, elle ne lui convenait pas du tout. Mais n'était-ce pas ce qui avait d'abord attiré Rico ? Le fait qu'elle fût si différente des mannequins et des actrices qu'il avait l'habitude de fréquenter ?

Attrapant une serviette, Stasia s'essuya le visage. Qu'est-ce que Rico avait vu en elle, ce jour-là, à Rome ? Qu'est-ce qui l'avait décidé à l'aborder ? Malgré sa résolution de ne pas évoquer ces souvenirs, son esprit se mit à vagabonder...

A l'époque, elle réalisait une fresque dans les locaux de la Crisanti Corporation. En équilibre sur son échafaudage, elle était si absorbée par son travail qu'elle ne s'était pas rendu compte tout de suite que quelqu'un l'observait. En jetant un coup d'œil vers le sol, elle avait failli perdre l'équilibre.

Dans un pays qui semblait regorger d'hommes terriblement séduisants, il était le plus sexy et le plus époustouflant de tous ceux qu'elle avait rencontrés. Italien, à n'en pas douter, et beau à couper le souffle. Ses yeux sombres et brûlants l'examinaient d'un air ouvertement appréciateur.

— Il y a un problème ?

Sa connaissance de l'italien était plutôt limitée ; elle s'était donc exprimée en anglais, espérant qu'il la comprendrait.

Depuis qu'elle avait commencé cette fresque, un flot continu de curieux s'arrêtaient pour contempler son travail. Cela ne l'avait jamais mise mal à l'aise. En fait, c'était à peine si elle s'en rendait compte. Mais aucune femme ne pouvait manquer de remarquer cet homme-là... Son œil d'artiste s'attarda sur le modelé parfait du visage sévère tandis qu'elle sentait ses doigts s'agiter : si elle avait eu un crayon, elle aurait croqué son portrait sur-le-champ. Un exercice frustrant, elle en était sûre, car aucun dessin, aussi bon fût-il, n'aurait reflété la force vibrante de l'homme qui lui faisait face.

Il se tenait droit, à la fois confiant et tout-puissant, avec quelque chose d'insistant dans le regard qui la rendait étrangement nerveuse. Les personnes qui l'accompagnaient, nota-t-elle, restaient à une distance respectueuse de lui. Et, soudain, elle comprit à qui elle avait affaire.

Rapidement, elle descendit de l'échelle et s'essuya les mains sur son jean.

— Je suis Anastasia Silver, artiste peintre. J'ai été engagée pour réaliser votre fresque.

Stasia se crispa en s'entendant prononcer ces paroles.

Comme si quelqu'un dans la position de Rico Crisanti pouvait s'intéresser à la décoratrice qui travaillait pour lui ! Il préférait sans aucun doute se concentrer sur les fluctuations du marché boursier, afin d'augmenter sa fortune déjà colossale.

Il serra pourtant la main qu'elle lui tendait et elle retint son souffle en sentant la force de sa poigne. Consciente que son regard s'attardait sur le mur qu'elle était en train de peindre, elle ressentit une brusque panique.

— Vous pensez probablement que c'est horrible. C'est souvent ainsi à ce stade. Il est difficile d'imaginer ce que cela donnera une fois achevé. Je... Votre architecte a approuvé mes esquisses et mon choix des couleurs, termina-t-elle, affreusement embarrassée de constater que son interlocuteur avait reporté son attention sur elle.

— Etes-vous toujours aussi tendue ? Si oui, je suis étonné que vous puissiez manier un pinceau, murmura-t-il en lui souriant. Détendez-vous, mademoiselle Silver. J'aime ce que vous faites sur mon mur.

Son mur... Il donnait une note presque intime à ces mots. Comme si la surface qu'elle enduisait faisait partie de lui. Troublée par son sourire charmeur, Stasia sentit ses genoux trembler et une vive rougeur lui monter aux joues. Elle se mordit la lèvre et recula de quelques pas.

— Désolée, je ne suis pas très présentable, s'excusa-t-elle.

— Au contraire, lui assura-t-il avec un amusement non dissimulé. J'aime surtout vos cheveux. Toutes ces nuances d'or et de cuivre... Ça me rappelle l'Angleterre en automne... les taches de peinture blanche exceptées.

Stasia porta une main à ses boucles en désordre.

— Oh... Ça partira, dit-elle en se demandant ce que

l'entourage de M. Crisanti pensait de cette conversation ridicule.

Celui-ci acquiesça avec une expression pensive.

— J'aimerais beaucoup vous voir sans la peinture, mademoiselle Silver. Vous dînerez avec moi ce soir.

— Il se pourrait que je sois occupée, répondit-elle, interloquée par l'arrogance dont il faisait preuve.

Il sourit, comme s'il était sûr de son effet.

— A 20 heures. Et vous serez libre.

Abasourdie que Rico Crisanti l'eût invitée, Stasia essaya de reprendre sa respiration.

— Vous êtes toujours aussi sûr de vous ? lança-t-elle d'un air moqueur. Votre héritage romain, je présume ? Vous ressentez le même besoin de conquête et de pillage que vos ancêtres.

— Tout dépend de la récompense, fit-il remarquer en fixant sa bouche. Et je ne suis pas romain, mademoiselle Silver, mais sicilien. Nous avons une tout autre manière d'agir.

Et, sans attendre sa réponse, il tourna les talons et s'éloigna en direction des ascenseurs, suivi de ses collaborateurs.

Stasia le regarda disparaître avec incrédulité. Le tout-puissant Rico Crisanti voulait dîner avec elle !

Un instant, son cœur s'emballa et son imagination s'échauffa. Puis la réalité reprit le dessus. Pourquoi s'encombrerait-il d'une femme comme elle ? Comparée à ses conquêtes habituelles, elle était désespérément commune.

Elle se raidit en pensant à son arrogance. Il avait décidé qu'elle passerait la soirée avec lui. Et, de fait, quelle femme lui dirait non ?

Stasia se rappela qu'il n'avait même pas demandé où elle habitait. Il était donc très improbable qu'il se présente chez elle à l'heure dite. Et si jamais il venait…

Elle remonta sur l'échafaudage et essaya de reprendre son

travail. Mais il lui était impossible de se concentrer désormais, et sa main n'était plus aussi sûre que d'habitude.

Si jamais il venait, décida-t-elle, elle lui dirait simplement qu'elle n'avait pas l'habitude de dîner avec un inconnu...

Stasia fronça les sourcils. Elle n'arriverait à rien si elle replongeait ainsi dans le passé. Elle devait impérativement se reprendre si elle voulait garder le contrôle de la situation.

Après avoir pris une douche, elle tressa sa lourde chevelure cuivrée en une longue natte. Puis elle se mit à inspecter les placards de la chambre. De nombreuses tenues de grands couturiers s'y trouvaient, assez classiques et peu à son goût. Mais, vers le fond de la penderie, elle découvrit une robe en lin toute simple, rose pêche. Simple mais pas bon marché, pensa-t-elle avec ironie en regardant l'étiquette. Ce modèle était aux antipodes de son style habituel, coloré et confortable, mais c'était mieux qu'un jean taché de peinture. Etudiant d'un œil critique son reflet dans le miroir, elle constata que la robe lui allait très bien. Elle lui donnait une allure élégante et sophistiquée.

Celle d'une aventurière intéressée par la fortune ?

Stasia se mordit la lèvre et chassa cette pensée. Il était trop tard pour rectifier l'opinion que la famille de Rico avait d'elle. Beaucoup trop tard.

Elle sortit de la chambre et alla reprendre sa place sur le siège de cuir.

Rico était toujours au téléphone. Elle serra les dents avec irritation. Combien de fois l'avait-elle menacé de jeter son maudit portable, lorsqu'ils étaient ensemble ?

Désœuvrée, elle regarda par le hublot, se sentant gagnée

par la nervosité à la perspective de l'épreuve qui l'attendait. Elle n'avait pas revu Chiara depuis cette fatale soirée, un an plus tôt…

Au bout d'un moment, elle se rendit compte que Rico avait terminé sa conversation téléphonique et s'était installé dans le fauteuil libre auprès d'elle.

— Je suis désolé de t'abandonner comme ça, déclara-t-il en étendant la main vers le verre que l'hôtesse lui avait apporté. J'avais besoin de passer certains coups de téléphone. Cette robe te va bien.

Le compliment, inattendu, surprit Stasia et la tension l'envahit tout entière. Quand l'épaule de Rico effleura la sienne, elle faillit bondir de son siège. Elle inspira une bouffée de son parfum viril et enivrant, et tous ses sens furent soudain en alerte. Ce léger frôlement avait suffi pour qu'une vibrante sensualité se diffuse dans tout son corps.

Elle se maudit intérieurement. Que lui arrivait-il ? Comment pouvait-elle encore désirer Rico, sachant le genre d'homme qu'il était ? Pas une fois il ne lui avait dit qu'il l'aimait. Comment avait-elle pu croire qu'il y parviendrait avec le temps ?

Sans doute à cause de cette façon qu'il avait de la caresser, de l'embrasser, reconnut-elle avec tristesse. Pendant leur brève période de bonheur, elle avait confondu les gestes d'un homme amoureux avec ceux d'un séducteur habile. Ce n'était pas du tout la même chose, comme elle l'avait douloureusement découvert par la suite.

En écartant discrètement son bras pour rompre le contact, elle tenta d'adopter la même attitude indifférente que lui.

— Nous savons que ce n'est pas une visite de courtoisie, déclara-t-elle. Je ne m'attends donc pas à ce que tu me tiennes compagnie et je n'ai certes pas l'intention de te détourner de tes affaires. Je ne l'ai jamais fait quand nous vivions ensemble. J'avais fini par accepter que tu sois marié à ton téléphone. Pourquoi serait-ce différent aujourd'hui ?

— Cesse de me provoquer, Stasia, lança Rico en lui jetant un regard froid. Je ne suis pas d'humeur à le supporter. Et, puisque nous ne pouvons plus finir nos disputes au lit, mieux vaut ne pas les commencer.

A la seule mention du mot « lit », Stasia frissonna. Contre sa volonté, son regard se posa sur la bouche ferme et sensuelle de Rico. Plus d'une fois par le passé, il l'avait embrassée pour la faire taire. Durant leurs disputes, seul l'acte sexuel pouvait les apaiser. Sur ce plan-là au moins, ils avaient communiqué. Même s'ils donnaient à leurs ébats un sens très différent. Car, si elle avait dit « je t'aime », Rico avait seulement avoué « je te désire ».

— Je ne te provoque pas, reprit-elle.

— Si. Avec chacun de tes regards, et chaque mot que tu ne prononces pas.

L'expression de son visage changea soudain.

— Cela dit, ces coups de téléphone n'avaient rien à voir avec mes affaires. J'ai appelé le neurochirurgien de Chiara, puis l'hôpital en Sicile. Je tenais à avoir des nouvelles de son état aujourd'hui.

— En Sicile ? reprit-elle, horrifiée. Nous allons en Sicile ?

— Oui. Qu'est-ce que tu croyais ?

— Que nous allions à Rome !

Stasia porta une main à sa gorge. L'entreprise de Rico avait des bureaux dans le monde entier, mais le siège principal de la Crisanti Corporation était à Rome. C'était d'ailleurs là qu'il vivait la plupart du temps.

Il haussa les épaules, comme si son opinion lui importait peu.

— Mauvais calcul. Chiara était en Sicile au moment de l'accident. C'est là-bas que nous nous rendons.

Sur les lieux de leur bonheur passé, de leur lune de miel ? C'était l'épreuve la plus cruelle qu'il eût pu imaginer... Comme il devait la détester, pour lui causer un tel chagrin !

— Je ne veux pas y aller ! s'écria-t-elle.

— Pourquoi ? dit-il durement. Ta conscience te tourmente, Stasia ? Tu te souviens du début de notre relation, de ces mots d'amour vides de sens que tu me disais ?

« Vides de sens » ? Stasia détourna la tête, se demandant comment un homme de son intelligence pouvait être aussi aveugle.

Les semaines qu'ils avaient passées en Sicile avaient été les plus heureuses de leur mariage. A cette époque, elle avait confiance en Rico et elle lui avait ouvert son cœur sans réserve. Il n'avait pas été capable de la même générosité. Maintenant seulement, elle s'apercevait à quel point elle avait été stupide et naïve.

— J'aurais dû te garder cloîtrée en Sicile, déclara-t-il d'un ton amer. Au moins, tu n'aurais pas eu l'occasion de satisfaire ton désir insatiable de nouveauté.

Le souffle coupé par l'insulte, Stasia lui lança un regard plein de mépris.

— Je n'ai jamais été infidèle.

Il s'emporta alors si brusquement qu'elle se recroquevilla sur son fauteuil.

— Je te trouve en compagnie d'un homme nu, dans notre propre chambre, rugit-il, et tu veux me faire croire que c'était innocent ?

Il se pencha vers elle.

— Tu étais ma femme ! Et, au lieu de t'expliquer, tu as préféré prendre la fuite. Ça te rend coupable à mes yeux !

Une brusque bouffée de colère s'empara de Stasia.

— Oh ! Je me souviens de ton regard, Rico ! Tu étais incapable de parler raisonnablement. Or, tu aurais dû me connaître assez pour savoir que je ne t'aurais jamais trompé. Il fallait me croire, Rico !

L'expression de ses yeux devint si triste que Stasia en eut le cœur serré.

— *Dio* ! reprit-il, je l'ai vu t'embrasser. Tu étais ma femme et il t'embrassait !

Stasia secoua la tête. Oui, elle se souvenait très bien de la réaction de son mari. D'un seul coup d'œil, il avait cru évaluer correctement la situation. Il était si impulsif et si possessif qu'il ne lui était pas venu à l'idée qu'il puisse y avoir une autre explication à la scène qu'il avait sous les yeux.

A l'époque, Stasia avait été si épouvantée qu'elle n'avait même pas eu le réflexe de se défendre. Au fond d'elle-même, elle avait pensé que les innocents n'avaient pas à plaider leur cause, et elle avait attendu que Chiara avoue la vérité.

Mais l'adolescente avait seulement ébauché un petit sourire, laissant Stasia dans une situation impossible : dire ou ne pas dire à Rico comment sa jeune sœur les avait manipulés ?

Anéantie, en proie à la colère, elle avait préféré partir. Elle avait quitté la maison au milieu de la nuit, n'emportant que son passeport.

Hélas, loin de considérer son absence comme une occasion de réfléchir avec calme à ce qui s'était passé, Rico y avait vu la confirmation de sa culpabilité. Et, quand, après avoir pris assez de recul, elle l'avait appelé, il avait systématiquement refusé ses appels. Par la suite, elle n'avait communiqué avec lui que par le biais de ses avocats. En un rien de temps, il l'avait condamnée.

Les mains tremblantes, Stasia agrippa sa ceinture de sécurité.

— Bon sang, qu'est-ce que tu fabriques ? demanda-t-il, les sourcils froncés.

— Je veux m'éloigner de toi ! J'ai eu tort de venir. Je ne vois pas comment ma présence pourrait aider Chiara. Elle n'a pas besoin de tension autour d'elle. Or, c'est exactement ce qu'elle aura, si toi et moi, nous nous trouvons ensemble à son chevet.

— Tu n'iras nulle part. Nous allons bientôt atterrir. Boucle-moi cette ceinture !

Les doigts fermes de Rico se refermèrent sur les siens, l'empêchant de se dégager.

— Je resterai enfermée dans la salle de bains jusqu'à ce que nous arrivions, s'écria Stasia, que ce contact rendait presque hystérique. Je ne veux pas respirer le même air que toi !

Elle se débattait, mais Rico la maintenait à sa place.

— *Dio !* Reste assise. Tu as accepté de m'accompagner à l'hôpital, lui rappela-t-il sèchement.

— Pour rendre visite à ta sœur, oui. Pas pour me faire insulter par toi ! Je n'étais pas d'accord là-dessus. J'ai été assez attaquée par ta famille.

Rico aspira une longue bouffée d'air. A la lueur sombre qui assombrissait son regard, Stasia sut qu'il atteignait ses limites. Lui qui s'enorgueillissait de rester impassible en toutes circonstances... Ce qui n'était pas entièrement vrai, d'ailleurs, car, en sa présence, il s'emportait parfois sans retenue, tel un volcan. Mais elle n'en avait jamais été effrayée. En fait, cela l'avait plutôt rassurée de savoir qu'il était capable d'émotions.

— Laisse ma famille en dehors de ça !

Stasia se figea. C'était son culte de la famille, indissociable de son héritage sicilien, qui l'avait aveuglé et empêché de deviner la vérité. Mais il avait raison sur un point : il était inutile de revenir là-dessus.

— Tu as téléphoné à l'hôpital, y a-t-il du nouveau ? demanda-t-elle pour changer de sujet.

Il la fixa d'un regard glacial où elle lut un mépris infini.

— Pourquoi cette question ? Tu te moques de connaître la réponse.

— Si tu le crois vraiment, alors c'est que tu ne me connais pas, déclara-t-elle avec raideur.

— Il y a un certain temps déjà que je me suis fait cette réflexion, répliqua-t-il, implacable. Dommage qu'elle ne me soit pas venue avant que je décide de t'épouser. Si j'avais cerné ta vraie nature, jamais je ne t'aurais invitée chez moi. Et tu n'aurais pas eu l'occasion de débaucher ma sœur en l'emmenant en boîte de nuit quand je lui avais expressément interdit de fréquenter ce genre d'endroit. Et Dieu sait ce que tu l'as encore encouragée à faire !

Ecœurée par cette accusation injuste, Stasia resta muette. Une nouvelle fois, il était si loin de la vérité ! Elle avait beau s'être promis de ne pas perdre son énergie à essayer de se défendre, son sens de l'équité était tel qu'elle ne put se taire.

— Tu ne pourrais te tromper davantage, Rico, dit-elle. Un jour, tu me supplieras à genoux de te pardonner.

— Epargne-moi tes airs dramatiques, veux-tu ? lança-t-il avec agressivité. Tu as été prise sur le fait, ma chère épouse. Si tu admettais tes torts, nous pourrions peut-être partir de là.

Pour aller où ? Les larmes aux yeux, Stasia se tourna vers le hublot, soucieuse de se reprendre avant qu'il ne remarque sa détresse. Il serait trop satisfait de l'avoir poussée à bout.

Malheureusement, pensa-t-elle, l'échec de leur mariage n'était pas à mettre uniquement sur le compte des agissements de Chiara. S'ils avaient formé un couple, au vrai sens du terme, il ne l'aurait jamais crue capable de ce dont il l'accusait.

D'un air las, elle se renfonça dans son siège. Immédiatement, il lui relâcha les mains.

— Nous allons atterrir dans dix minutes, l'informa-t-il. Nous nous rendrons directement à l'hôpital.

Stasia prit une profonde inspiration, en se répétant qu'elle ne gagnerait rien à ressasser le passé. Elle devait affronter le présent — l'épreuve de cette rencontre avec les Crisanti. Après quoi, elle rentrerait en Angleterre. Loin de lui.

Pour tenter de se calmer, elle orienta la conversation sur Chiara.

— Comment l'accident est-il arrivé ?

— Ma sœur séjournait chez une amie, expliqua Rico en se renversant contre son dossier, les yeux clos. Elles sont allées faire une balade à cheval. Quelque chose a effrayé la monture de Chiara. La bête s'est emballée et ma sœur est tombée. Elle ne portait pas sa bombe.

Stasia se crispa, tandis que le film effroyable passait dans son esprit. Puis elle se prit à observer Rico. Ses cils épais effleuraient sa peau hâlée, sa bouche était ferme et ses traits parfaits. Ses yeux clos lui conféraient un air presque vulnérable, loin de son image d'homme d'affaires impitoyable. Elle retrouvait celui dont elle était tombée amoureuse autrefois.

Comme s'il avait senti son regard peser sur lui, il ouvrit les yeux. Stasia tourna vivement la tête, se rappelant qu'il n'y avait rien de vulnérable en Rico Crisanti. C'était un homme foncièrement dur.

Malgré tout, elle ressentait le besoin de lui parler. A l'inverse de lui, elle ne pouvait garder ses émotions enfermées au fond d'elle-même.

— Quoi qu'il ait pu se passer entre nous, je veux que tu saches que je suis désolée pour Chiara. Sincèrement. Ce doit être tellement dur pour toi. Le fait de ne pas savoir, l'attente…

A cet instant, elle crut voir un sourire désabusé sur ses lèvres.

— Ce n'est pas mon point fort, comme tu le sais, répondit-il d'une voix sourde, tandis que l'avion amorçait l'atterrissage. Bon, nous sommes arrivés. Je dois t'avertir que toute la famille se trouve à l'hôpital. Inutile de préciser que ton arrivée ne va pas déclencher l'enthousiasme.

— C'est toi qui m'as demandé de venir, lui rappela-t-elle sèchement.

Il laissa échapper un soupir et passa ses longs doigts dans ses cheveux noirs.

— *Si.* Je n'avais pas le choix. Mais ma famille ne partage pas mon avis. Tâche de garder pour toi ton franc-parler.

Brusquement, Stasia comprit combien il lui en avait coûté de la faire venir en Sicile. Pendant un an, il l'avait rejetée de sa vie. Pour lui, elle n'était plus qu'un nom sur des documents officiels. Et, visiblement, il détestait avoir à la supporter de nouveau près de lui.

— Si tes proches ne m'apprécient pas, c'est leur problème, pas le mien, déclara-t-elle avec dignité. Tu m'as demandé de venir, tu ne peux pas exiger aussi que je modifie ma personnalité.

Il étouffa un juron.

— Je n'exige rien de tel ! Seulement que tu te montres

raisonnable en ces circonstances difficiles. Ils sont choqués par l'état de Chiara, et c'est compréhensible. Ils n'ont pas besoin de tension supplémentaire.

Eh bien, les retrouvailles ne s'annonçaient guère chaleureuses… Sur cette sombre pensée, Stasia défit sa ceinture et le suivit à l'avant de la cabine.

3.

Ils firent le trajet jusqu'à l'hôpital sans échanger un seul mot. De nouveau, Rico garda l'oreille collée à son téléphone. Il parlait en italien. A l'avant, son chauffeur et un garde du corps observaient aussi le silence.

A la surprise de Stasia, ils évitèrent l'entrée principale de l'hôpital ultramoderne et s'engagèrent dans un dédale de ruelles. Finalement, la voiture s'arrêta dans une impasse, au fond de laquelle se trouvait une issue de secours.

— Pourquoi passons-nous par ici ?

— Parce que tous les autres accès sont bloqués par les paparazzi, expliqua Rico d'un air sombre, tandis qu'il l'entraînait promptement vers un escalier en colimaçon. Nous allons déboucher dans un couloir près du service de réanimation. Jusque-là, la presse ne semble pas avoir découvert ce passage.

Une fois à l'intérieur, il marcha d'un pas décidé jusqu'à l'entrée du service. L'angoisse marquait ses traits hâlés.

— Attends-moi ici.

Stasia obéit, le cœur battant à tout rompre. La perspective de rencontrer les Crisanti lui coupait la respiration. Aussi, quand Rico reparut et lui annonça qu'il la conduirait directement auprès de Chiara, elle en ressentit un vif soulagement. La confrontation n'aurait pas lieu…

Ensemble, ils entrèrent dans la chambre. L'adolescente gisait, immobile, aussi pâle que les draps qui la couvraient. Un hématome laissait une trace bleue sur son front. Des appareils ultrasophistiqués enregistraient ses fonctions vitales.

Brutalement confrontée à la réalité de la situation, Stasia ressentit une nausée. La description laconique que Rico lui avait faite de l'état de sa sœur ne l'avait pas préparée au spectacle effrayant de la blessée.

Elle ne put s'empêcher d'admirer la force de son mari. Il vivait un vrai cauchemar et, pourtant, il continuait d'agir. Gérant sa société multinationale, soutenant sa famille, allant la chercher, elle, quand c'était la dernière chose qu'il souhaitait…

Brusquement, Stasia sentit des larmes brûlantes lui piquer les yeux. Même en cet instant, il ne montrait que des signes d'émotion — sa fatigue, sa tension nerveuse —, sans parvenir à exprimer ce qu'il ressentait. N'était-ce pas l'une des différences fondamentales entre eux ? Combien de fois au cours de leur trop bref mariage avait-elle désiré qu'il lui parle vraiment ? Combien de fois avait-elle attendu qu'il lui dise qu'il l'aimait ?

Il n'avait jamais prononcé ces mots-là et elle savait maintenant que c'était parce qu'il ne l'avait pas aimée. Pendant quelques mois, il l'avait désirée. A présent, il la méprisait.

Les larmes inondèrent ses joues et ses jambes se mirent à trembler. Elle croyait pleurer en silence, mais Rico avait dû l'entendre car, l'instant d'après, il fut près d'elle et posa une main sur son épaule.

— Tu es pâle. Tu ne te sens pas bien ? s'enquit-il. Il fait très chaud et l'atmosphère ici est oppressante. J'aurais dû te prévenir.

C'était vrai, cette atmosphère d'hôpital, stérile et impersonnelle, lui donnait l'impression d'être plus seule que jamais, la rendait plus consciente, aussi, de la fragilité de la vie.

Elle balaya ses larmes d'un revers de la main.

— Je suis désolée.

— Ce n'est rien. Les hôpitaux ne sont pas des lieux agréables, et dans ces circonstances...

Il s'interrompit et la poussa doucement vers une chaise. Stasia se laissa tomber sur le siège et regarda Chiara. Elle était immobile, bien loin de tout ce qui se passait autour d'elle.

Rico laissa échapper un soupir et s'assit à son tour.

— Nos vies ne se déroulent pas toujours comme nous l'avions prévu, n'est-ce pas ? laissa-t-il tomber d'un ton grave.

Stasia lui jeta un regard étonné. C'était une confession à laquelle elle ne s'attendait pas de sa part. Son mari prit doucement la main inerte de sa sœur et, pendant un moment, il resta silencieux à la contempler.

— Chiara, Stasia est là...

Il avait retrouvé son sang-froid, son émotion s'était envolée, et Stasia se demanda si elle ne l'avait pas imaginée. Il parlait en italien, avec un débit à la fois doux et rapide, tenant toujours la main de la jeune fille comme s'il espérait lui insuffler un peu de sa force vitale.

Figée, Stasia contemplait le visage de Chiara. Celle-ci avait l'air si vulnérable qu'elle sentit sa rancœur s'évanouir.

Rico releva la tête.

— Les médecins pensent que ça l'aiderait peut-être d'entendre ta voix. Parle-lui.

Stasia lui lança un regard désemparé. C'était tellement difficile pour elle ! Bien sûr, elle voulait aider Chiara, mais de quoi pouvait-elle bien lui parler ? Du passé ? Impossible, puisque toutes leurs conversations avaient été hostiles. Du moins de la part de Chiara, qui l'avait traitée en ennemie dès le premier jour.

Consciente que Rico attendait, elle se pencha vers le lit, se sentant terriblement embarrassée. Seigneur ! Si elle disait les mots qu'il ne fallait pas...

— Bonjour, Chiara..., commença-t-elle, avant de s'éclaircir la gorge. C'est Stasia.

Elle s'interrompit, s'attendant presque à ce que Chiara se redresse pour la gifler. Mais la jeune fille ne réagit d'aucune façon.

Elle eut soudain envie que Rico la laissât seule. Mais il avait toujours pensé qu'elle exerçait une influence déplorable sur sa jeune sœur, il n'allait pas partir maintenant.

— Pourquoi ne portais-tu pas ta bombe de cavalière ? Peut-être qu'un beau garçon passait par là et que tu ne voulais pas cacher tes cheveux...

Stasia surprit le coup d'œil sévère de Rico, mais passa outre. Elle avait l'intuition qu'elle devait dire à Chiara des choses qui avaient du sens pour elle, qui reflétaient sa personnalité.

Après une hésitation, elle toucha l'épaule de la jeune fille.

— Tout le monde est très inquiet à ton sujet. Ton frère ne s'est pas rendu au travail aujourd'hui, tu te rends compte ? Je ne me souviens pas qu'il ait jamais pris une seule journée de congé auparavant. Si tu ne veux pas que la Crisanti Corporation s'effondre, tu ferais mieux de te réveiller pour renvoyer Rico au bureau...

Elle continua à bavarder d'un ton léger, jusqu'à ce que Rico se lève brusquement, comme s'il ne pouvait en supporter davantage.

— C'est assez pour le moment, déclara-t-il d'une voix dure et tendue. Il se fait tard. Tu as besoin de repos.

— Je préférerais rester.

— Tu as l'air à bout de forces.

Il prononça ces mots presque à contrecœur, comme s'il craignait qu'elle prît son inquiétude pour de la sollicitude.

Il n'y avait pas de danger de ce côté-là, songea-t-elle. Elle savait exactement ce qu'il pensait d'elle. Il n'éprouvait que du mépris à son égard, et c'était seulement le désespoir qui l'avait poussé à la contacter.

Cette pensée la déprima.

— La journée a été éprouvante, reconnut-elle.

— Tu n'as pas changé. Toujours obsédée par ton travail.

Elle parvint à ébaucher un sourire ironique.

— C'est toi qui dis cela ? Je rêve !

— Et tu parles toujours beaucoup trop.

Le sourire de Stasia s'évanouit. Par le passé, il avait coutume de la taquiner parce qu'elle n'arrêtait pas de parler.

— N'est-ce pas ce que tu attendais de moi en m'amenant ici ?

Il alla se poster au bout du lit.

— Sans doute, mais ça suffit pour ce soir. Cette journée a été difficile pour tout le monde, y compris Chiara. Je vais avertir mon chauffeur. Il te conduira à la maison.

A la villa ? Il était devenu fou ! Stasia déglutit avec difficulté, se demandant s'il se rendait compte de ce qu'il disait.

— Ne joue pas à ce jeu, Rico. Tu sais très bien que ce n'est plus chez moi.

Elle n'avait plus qu'une hâte : sortir de cette chambre d'hôpital. Elle aurait voulu se jeter sur lui, le griffer, le frapper, jusqu'à ce qu'il demande pardon d'avoir gâché ce qu'ils avaient partagé tous les deux.... jusqu'à ce qu'il lui explique pourquoi il ne l'avait pas suivie en Angleterre.

Pendant un moment, les yeux sombres de Rico restèrent plongés dans les siens.

— Nous sommes toujours mariés, dit-il enfin.

— Je veux aller à l'hôtel !

— Pas question.

— Rico...

— Jusqu'à ce que Chiara se réveille, je veux que tu restes à la villa. Au moins, je saurai où tu es. Après..., dit-il en haussant les épaules, tu seras libre de partir.

Stasia lutta contre un sentiment de frustration hélas familier. Comme d'habitude, Rico ordonnait, sans penser à lui demander son avis. Elle rejeta la tête en arrière.

— Je peux prendre mes décisions toute seule, tu sais. Je ne suis pas une de tes employées.

— Non, tu es ma femme, assena-t-il froidement. Et tu ferais bien de t'en souvenir.

Stupéfaite, Stasia répliqua :

— Inutile de faire la démonstration de ta possessivité de macho sicilien.

Elle s'interrompit en voyant la lueur d'avertissement au fond de ses yeux de jais. Et, soudain, elle comprit qu'il tentait lui aussi de résister au désir qu'il éprouvait encore pour elle. Si elle n'avait pas été si en colère, ni si malheureuse, Stasia aurait souri de cette découverte. La désirer devait l'atteindre profondément dans son honneur... Mais elle n'éprouvait pas l'envie de sourire. Seulement de hurler, de pleurer...

— Rico, je ne veux pas...

— Si tu as des obligations professionnelles, tu n'as qu'à téléphoner. Arrange-toi, mais tu resteras chez moi.

Elle n'avait plus la force de s'opposer à sa volonté.

Discuter avec lui requérait des ressources et une énergie qu'elle ne possédait plus.

Comme pour s'assurer qu'elle renonçait à protester, il la fixa un long moment. Puis il hocha la tête de façon presque imperceptible.

— Je vais donner des ordres pour qu'on te conduise à la villa.

La maison où ils avaient passé tant de temps ensemble, où ils avaient été si heureux... Elle ne pouvait croire qu'il veuille l'y héberger. Se doutait-il de la torture qu'il lui infligeait ?

— Et toi ? Tu as aussi besoin de sommeil, remarqua-t-elle en se demandant pourquoi elle s'inquiétait encore pour lui.

— J'ai des coups de téléphone à passer. Je vais rester à l'hôpital.

A ces mots, quelque chose s'effondra au fond d'elle-même. Elle comprenait maintenant : il l'envoyait à la villa parce qu'il n'avait pas l'intention de s'y rendre lui-même. Il refusait de partager le même toit qu'elle, même pour une nuit...

Le cœur serré, Stasia se détourna, abandonnant tout espoir de communiquer avec lui.

Pourquoi diable l'avait-il envoyée chez lui ? se demandait Rico, affalé sur une chaise inconfortable dans cette salle d'attente qu'il avait appris à détester ces deux dernières semaines. Pourquoi avait-il tenu à l'héberger dans sa villa, qui était son seul refuge contre le stress ? Quelle folie ! De plus, il ne parvenait pas à chasser l'image de Stasia de son esprit, bien qu'il la méprisât de tout son être. Alors que ses pensées auraient dû être tournées vers sa sœur, il ne pouvait s'empêcher de penser à son épouse.

Serrant les poings, il demanda soudain à Gio de préparer la voiture pour le conduire chez lui.

Confortablement installé à l'arrière du véhicule, les yeux brûlants à cause du manque de sommeil, il reprit sa méditation. Il avait craint que Stasia ne prenne la fuite s'il l'avait laissée aller à l'hôtel, comme elle le souhaitait. Ne l'avait-elle pas déjà fait quand les choses avaient mal tourné ? Tout ça à cause de son goût pour les hommes très jeunes ! La jalousie l'envahit de nouveau et il grimaça sous l'effet de la douleur, nette et atroce comme au premier jour. Peut-être avait-elle bien fait de partir. A l'époque, il l'aurait volontiers étranglée à mains nues !

Les muscles tendus, il pénétra dans la maison, prêt à batailler de nouveau. Mais il ne trouva pas signe de Stasia. Sans doute dormait-elle déjà. A l'hôpital, elle était très pâle et avait l'air épuisée. Etait-ce le choc de voir Chiara dans cet état, ou de le revoir, lui ? Sa conscience la tourmentait-elle enfin ?

Renvoyant son employée de maison, il se servit un verre et ébaucha un sourire lugubre. Même après ce qu'elle avait fait, et bien qu'il eût appris à la détester, il désirait encore cette femme, avec un désespoir farouche qui lui faisait oublier tout le reste. Ce qui prouvait que leur relation n'avait été que purement physique, se dit-il en se dirigeant vers la terrasse.

Un long moment, il demeura là, le visage tourné vers la mer. Qu'il le veuille ou non, il avait cette femme dans la peau ! Et le fait de divorcer n'y changerait rien. Mais, après tout, n'était-ce pas une réaction normale étant donné les circonstances ? Chercher l'assouvissement sexuel était une réponse naturelle chez un homme en proie au stress et à la tension. Or, de ce point de vue-là, il était servi. Et l'effort constant qu'il fournissait pour rester solide face à sa famille commençait à le miner.

Regardant vers la piscine, au bout de la terrasse, il se dit qu'un peu d'exercice le soulagerait peut-être. Plus tard, décida-t-il en pénétrant à l'intérieur de la maison.

Il alla s'installer dans l'un des longs sofas blancs, face à la baie vitrée. Les médecins avaient promis de l'appeler s'il y avait du nouveau à propos de Chiara. Entre-temps, il avait des appels importants à donner.

Il termina son verre, avant de s'en servir un autre et de téléphoner à son directeur financier à New York. Une heure plus tard, il mit fin à la conversation et dîna d'un repas léger que son employée de maison lui avait préparé. Puis il se plongea dans l'étude de documents importants.

Vers minuit, il rangea ses papiers et se renfonça dans son fauteuil, les yeux clos. L'idée d'un plongeon dans la piscine devenant de plus en plus attrayante, il se leva et ôta ses vêtements. La surface bleutée étincelait à la lueur des photophores du parc. Il plongea nu dans l'eau fraîche et se mit à nager vigoureusement. L'exercice physique chassa momentanément les soucis qui hantaient son esprit.

Il perçut sa présence avant même de la voir. Quelque chose dans l'atmosphère semblait avoir changé. Il était sûr que c'était elle, au bord du bassin. Il est vrai qu'ils avaient toujours eu une conscience aiguë l'un de l'autre. Même dans une salle bondée, il avait toujours été capable de détecter sa présence, et il savait qu'il en allait de même pour elle.

Il s'essuya les yeux d'un revers de la main et la vit debout au bord de la piscine, silhouette fine et fragile qui le regardait, ses cheveux cuivrés flottant librement sur une chemise de soie blanche. *Sa* chemise.

— Tu vole mes vêtements, Stasia ?

Sans réfléchir, il s'était exprimé en italien. Il la vit tressaillir et retenir son souffle.

— Je n'avais pas prévu de rester et je n'ai pas emporté de linge de nuit, répondit-elle en italien, d'une voix un peu hésitante, car elle n'avait jamais été très à l'aise dans cette langue.

Il reprit en anglais :

— Tu volais toujours mes chemises.

Et, avec un sens inné du style, elle avait réussi à en faire des tuniques originales et très à la mode. Elle savait donner une touche d'élégance au vêtement le plus ordinaire : une écharpe nouée d'une certaine manière, des coloris que personne d'autre n'aurait osé coordonner...

Sans oublier ses cheveux. Une crinière de feu qui reflétait son tempérament impétueux. Il n'en fallait pas plus pour qu'un homme perde la raison...

A cet instant, elle ébaucha un léger haussement d'épaules, presque imperceptible.

— Je ne pensais pas que tu rentrerais. Et comme j'ai entendu quelqu'un plonger dans la piscine...

Sa voix était rauque comme celle d'une personne à peine réveillée et, même dans l'eau fraîche, il sentit son corps vibrer en réponse à ses intonations délicieuses. Combien de fois l'avait-il réveillée au milieu de la nuit pour réclamer son corps... Elle riait alors doucement et le taquinait de cette voix-là.

D'un mouvement souple, il se hissa hors du bassin. En la voyant se mordre la lèvre, il comprit que sa nudité la troublait. Il laissa errer son regard sur sa gorge palpitante, sur ses yeux qui exprimaient un désir qu'elle tentait en vain de masquer.

Son corps réagit instantanément, cette fois plus violemment, et il se hâta d'attraper une serviette en se maudissant pour son incapacité à rester indifférent à cette femme. Dès le premier instant où il l'avait rencontrée, à Rome, il avait succombé à son charme sensuel.

— J'avais besoin d'oublier un peu l'hôpital, reprit-il.

Et surtout de m'éloigner des miens, pensa-t-il d'un air las. Mais il n'allait pas l'admettre devant elle. D'ailleurs, il était certain qu'elle savait déjà ce qu'il pensait. Il l'aurait juré à l'expression de ses yeux verts, perpétuellement curieux, capables d'envoûter un homme et de le rendre fou de désir.

Le silence autour d'eux vibra d'une tension presque palpable et il se sentit de plus en plus excité. Bon sang ! Il aurait dû faire ce qu'elle demandait et la conduire dans un hôtel. N'importe où, du moment que ce fût loin de lui.

La voir ainsi, à demi nue, chez lui, lui rappelait une intimité qui n'existait plus. Mais il lui semblait qu'elle le désirait aussi. Il le notait à la façon dont sa bouche s'entrouvrait légèrement, comme lorsqu'elle anticipait ses baisers, à la façon dont ses yeux s'assombrissaient, l'aspirant dans leur profondeur. Autant de signes subtils qu'il aurait voulu ignorer.

— Cesse de me regarder comme si tu me désirais, lança-t-il. Pour ma part, je préfère les relations exclusives.

Le beau visage de Stasia devint soudain très pâle.

— Comment peux-tu me dire cela ?

Ainsi, elle s'obstinait à jouer l'innocente, la victime. Alors qu'il l'avait trouvée nue dans leur lit avec un autre homme…

— Parce que c'est la vérité, répondit-il en serrant les dents.

— Et toi, tu ne me regardes pas, peut-être ? le défia-t-elle d'une voix étouffée.

— Tu as raison. Mais je n'arrive pas à croire que j'ai été assez stupide pour t'épouser !

Il la vit se crisper. Pourquoi ressentait-il le besoin de la blesser alors que leur histoire appartenait au passé ? Avant Stasia, il avait amicalement mis un terme à ses liaisons, offrant un cadeau d'adieu pour s'excuser de ne pas vouloir aller plus loin. Mais jamais il n'avait ressenti ce besoin d'infliger de la peine.

— Je te déteste, souffla-t-elle si doucement qu'il pensa avoir mal entendu.

— Peut-être, répondit-il au bout d'un moment. Mais, que tu le veuilles ou non, tu me désires aussi, et tu as beaucoup de mal à l'accepter.

Il la vit faire un pas en arrière et, soudain, il souhaita qu'elle portât autre chose que cette chemise. C'était comme si elle le provoquait. Ses splendides jambes dénudées jusqu'à mi-cuisse, l'échancrure du vêtement qui laissait deviner la naissance de ses seins hauts et fermes… Elle avait un corps à damner un saint. Il la contemplait, attendant qu'elle riposte. N'était-ce pas ce qu'ils avaient toujours fait ? Batailler ? Il avait été habitué aux femmes qui le flattaient et acquiesçaient à tout ce qu'il disait. Stasia n'avait fait ni l'un ni l'autre. Elle l'avait défié, l'avait rendu fou autant qu'elle l'avait excité.

Mais, ce soir, elle semblait avoir abandonné la lutte. Debout près de la piscine, elle paraissait soudain très jeune, et perdue.

— Je ne suis pas venue pour me mesurer à toi, déclara-t-elle. J'ai entendu du bruit et j'ai voulu savoir qui était là.

Elle ramena ses cheveux bouclés en arrière, dans un geste qui éveilla en lui un écho douloureux. Il ne l'avait jamais vue aussi fatiguée, aussi hésitante.

— Voyant que c'était toi, reprit-elle, j'ai voulu te demander des nouvelles de Chiara.

— Il n'y a aucun changement.

Soudain, Rico se rendit compte que, depuis que Stasia était apparue sur la terrasse, il n'avait pas accordé une seule pensée à sa sœur. Quel genre d'homme était-il donc ? se demanda-t-il amèrement. Il se dégoûtait.

Il se détourna d'elle et se dirigea vers la villa, soudain écrasé par la tension accumulée durant ces deux dernières semaines. Il n'avait pas eu une seule vraie nuit de sommeil depuis l'accident de sa sœur et son esprit, si vif d'ordinaire, commençait manifestement à divaguer.

Il s'effondra sur le canapé le plus proche et ferma les yeux, se sentant de moins en moins maître de la situation et de sa vie. Et ce n'était pas un sentiment agréable, pour lui qui aimait tout contrôler.

— Rico…

Il sentit le sofa s'affaisser et des doigts hésitants se poser sur les muscles noués de son épaule. La douceur et la compassion que lui manifestait Stasia ne faisaient qu'accentuer son tourment et il ouvrit les yeux avec la ferme intention de la repousser avec quelques mots froids.

Mais quelque chose dans les yeux de la jeune femme le retint.

— Ce doit être terrible pour toi, déclara-t-elle doucement, mais peut-être est-il temps d'admettre que tu as des limites. Tout le monde s'appuie sur toi et semble oublier que tu as aussi besoin de quelqu'un sur qui te reposer.

Il voulait qu'elle retire sa main. La caresse douce de ses doigts sur son épaule se répercutait dans tout son corps. Tout à coup, il se rendit compte combien Stasia lui avait manqué. Physiquement. Il réprima un gémissement et essaya de se reprendre.

— Je suis juste fatigué. Je passe mon temps à l'hôpital depuis plus de deux semaines…

— Tu réconfortes tout le monde, tu prends toutes les décisions. Maintenant, tu dois penser à toi.

Une intimité presque palpable s'installait entre eux, et Rico, les sens en éveil, lutta contre l'envie d'enfouir son visage dans le cou de Stasia, de goûter sa peau nacrée avec sa bouche, sa langue. Elle était si féminine, si tentatrice… Il la désirait désespérément, comme un fou.

Il n'aurait su dire qui fit le premier pas, ni quand la caresse sur son épaule se mua en quelque chose d'autre que du réconfort. Toujours est-il que, l'instant d'après, il capturait sa bouche en un baiser brûlant et urgent, qui étouffa les protestations de la jeune femme.

A supposer qu'il y en eût… Car, aussitôt, il sentit les mains fines de Stasia se nouer sur sa nuque.

Rico la renversa contre le sofa, avide d'apaiser la faim qui le dévorait depuis qu'elle lui avait ouvert la porte de son cottage. Il oublia son angoisse et son épuisement. Il oublia tout, sauf la force grondante de son désir et la présence de Stasia.

Sans cesser de l'embrasser, il déboutonna avec habileté la chemise qu'elle portait. *Sa* chemise. Mais était-ce encore la sienne ? Elle était déjà imprégnée de ce parfum fleuri qui le bouleversait.

D'une main possessive, il entreprit de caresser ses seins frémissants. Un gémissement de plaisir échappa à la jeune femme. Puis il s'arracha à ses lèvres pour la contempler, se délectant de la blancheur nacrée de sa peau qui contrastait avec la couleur de la sienne, cuivrée. Cette opposition l'avait toujours fasciné : c'était la fragilité et la force, la douceur féminine contre sa puissance virile.

Ses mamelons roses se dressèrent, comme impatients.

Alors, pour répondre à la supplique muette de Stasia, Rico pencha la tête et les prit tour à tour dans sa bouche, les taquina du bout de la langue. Bientôt, il sentit qu'elle s'arc-boutait contre lui en enfouissant ses doigts dans ses cheveux de jais.

Ivre de plaisir et de désir, il l'entendit articuler son nom dans un sanglot. Elle se cambra davantage, à mesure qu'il l'entraînait vers des sommets de volupté.

Il connaissait si bien cette femme… Il savait comment la toucher pour la mener au plaisir. Pendant un moment, il fut le maître de la situation. Puis il sentit qu'elle agrippait la serviette qu'il portait. Une légère secousse lui indiqua qu'elle venait de la dénouer. Alors, il se souvint qu'elle aussi savait l'exciter. Et elle n'avait rien oublié ! Il le comprit quand elle couvrit son sexe d'une main, lui arrachant un gémissement sourd.

Rico sut alors qu'ils iraient jusqu'au bout, comme lors de leur premier rendez-vous, car il leur était impossible d'endiguer le flot débordant de la passion qu'ils éprouvaient.

Mais, brusquement, comme si souvent par le passé, la sonnerie de son téléphone portable déchira l'air, brisant la magie de leur intimité.

Tous deux se figèrent, enfermés dans une étreinte qui leur apparut tout à coup choquante et déplacée.

Laissant échapper un juron, Rico se leva d'un bond et, nouant rapidement la serviette autour de ses hanches, décrocha le téléphone avec un geste d'impatience.

4.

— Elle a repris conscience ?

Stasia se redressa, les cheveux en désordre, les joues en feu. Comment avait-elle pu s'abandonner ainsi ? Tout son corps vibrait d'humiliation et de frustration.

Au départ, elle n'avait pas eu l'intention de le suivre dans le salon, mais, quand elle l'avait vu sur le sofa, complètement exténué, elle avait ressenti un pincement au cœur. Quelque chose de plus fort que sa volonté lui avait fait traverser la pièce pour lui offrir du réconfort. Mais elle aurait dû savoir que c'était dangereux. La preuve… Un simple effleurement avait suffi à l'enflammer. N'avait-elle donc aucune fierté ? Aucune volonté de se préserver ? Ce n'était pas en lui offrant son corps qu'elle allait oublier Rico Crisanti !

Le retour dans cette villa où ils avaient été si heureux y était sans doute pour quelque chose. Etre replongée dans ce cadre l'avait rendue fragile et émotive. Et, quand elle l'avait vu dans toute la splendeur de sa nudité, elle avait été incapable de lui résister.

— Oui, elle est sortie du coma il y a cinq minutes, répondit Rico.

Elle nota la tension dans sa voix. Celle-ci n'était sans doute pas due qu'à l'inquiétude pour sa sœur. Elle n'était pas aveugle à ce point. La serviette autour de la taille de

Rico dissimulait mal la preuve de son excitation et il était évident qu'il vibrait d'un désir inassouvi.

Comme elle-même. Sa frustration était si aiguë qu'elle en aurait crié.

— Il faut que nous retournions à l'hôpital, marmonna-t-il, les mâchoires contractées.

Son regard glissa sur elle. Il se détourna, comme s'il ne supportait pas le rappel de sa propre faiblesse.

— Couvre-toi, murmura-t-il.

— Espèce de mufle ! Je ne te laisserai pas m'accuser de ce qui vient d'arriver ! lança-t-elle en reboutonnant sa chemise de ses doigts tremblants.

— Tu es venue me voir vêtue d'une simple chemise.

— Et toi, tu étais nu !

Il lui jeta un regard dur.

— Tu crois peut-être que m'offrir du sexe me rendra plus enclin à te pardonner ?

Stasia suffoqua d'indignation.

— Je n'ai pas besoin de ton pardon, Rico. Mais tu pourrais bien réclamer le mien d'ici peu. Sors d'ici !

Il la fixa un instant encore. Une petite veine palpitait le long de sa mâchoire.

— Avec plaisir. Et habille-toi. Nous partons dans cinq minutes.

Sur quoi, il sortit du salon. Stasia le suivit des yeux, espérant secrètement qu'il se retournerait et reviendrait vers elle. En vain…

Elle laissa échapper un bref gémissement et réprima l'envie de donner des coups de poing dans les coussins du sofa. Elle ne savait qui de Rico ou d'elle-même elle détestait le plus. Il avait perdu son sang-froid légendaire, se dit-elle en guise de consolation. Et il y avait des chances pour qu'il en soit humilié. En cet instant, elle le souhaitait de toutes ses forces.

Ramenant les pans de la chemise autour d'elle, elle alla se réfugier dans sa chambre. Là, elle eut l'idée stupide d'aviser son reflet dans le miroir. Quelle erreur ! Au lieu d'un visage lisse et calme, elle vit celui d'une femme impétueuse et provocante, les cheveux en désordre. Oh, Seigneur ! Quelle horreur ! Elle couvrit ses lèvres enflées d'une main tremblante.

Je n'aurais jamais dû venir.

Elle était une femme indépendante et intelligente, qui réussissait dans son métier. Mais il n'en était pas moins vrai que, pour elle, Rico était comme une drogue, dangereux. Elle ne pouvait se trouver près de lui sans le désirer. Comme elle se méprisait pour cette faiblesse !

Jamais elle ne parviendrait à l'oublier si elle ne mettait pas une distance suffisante entre eux. Maintenant que Chiara avait repris conscience, c'était exactement ce qu'elle allait faire. Elle irait une dernière fois au chevet de l'adolescente, puis repartirait en Angleterre, où elle trouverait un autre cottage isolé… avec des plafonds si bas que Rico refuserait d'y entrer !

Comme la voiture fonçait vers l'hôpital, Rico gardait un silence buté. Son esprit et son corps étaient tendus par l'insatisfaction sexuelle, ce qui était loin d'arranger son humeur.

Il ne pouvait se résoudre à regarder Stasia, à voir sur elle les signes de son propre égarement. Sa peau délicate et sensible gardait la marque de ses baisers pendant des heures, il aurait dû s'en souvenir. Mais, ce soir, il n'avait pensé à rien d'autre qu'à sa propre satisfaction. Et, maintenant, il s'apprêtait à payer le prix de sa folie. Dans moins de dix minutes, en effet, ils allaient se retrouver en présence de sa mère, qui ne manquerait pas de lui lancer des regards horrifiés.

Et il ne voulait pas y répondre.

Pourquoi se comportait-il de façon si incontrôlable avec Stasia ? Dans tous les autres domaines, il se considérait comme un homme discipliné et rationnel. Il avait appris très jeune les avantages d'une parfaite maîtrise de soi. Mais, avec Stasia, il redevenait un adolescent.

C'était à cause du stress, se rassura-t-il. Il avait cherché un exutoire purement physique à la pression insupportable de ces dernières semaines. Il n'était qu'un homme, après tout. Elle avait voulu le réconforter, et il n'avait pas résisté...

Il regarda au dehors et contracta les mâchoires, conscient que Stasia n'était assise qu'à quelques centimètres de lui, ses boucles remontées en un chignon lâche, son corps fin et délicat revêtu de la robe de lin rose pêche.

Qu'elle fût habillée ou non n'avait aucune importance, tant l'attirance sexuelle entre eux était forte. Plus vite il la renverrait en Angleterre, mieux cela vaudrait.

Il lui laisserait juste le temps de voir sa sœur, au cas où sa présence pourrait accélérer la guérison de Chiara, puis il la ferait conduire directement à l'aéroport. Et il s'assurerait que son avion décollerait bien.

Cette fois, toute la famille se tenait au chevet de Chiara, et Stasia sentit le courage lui manquer. Après ce qui s'était passé avec Rico, elle était plus vulnérable que jamais. De plus, elle avait conscience que, malgré tous ses efforts pour les camoufler, son visage et son cou portaient encore les marques des baisers de Rico. Terriblement humiliée, elle eut envie de disparaître sous terre. Surtout quand elle rencontra le regard épouvanté de Mme Crisanti.

— Vous êtes donc revenue…, murmura celle-ci.

La voix de la vieille femme était rude et ses yeux étudiaient le visage de Stasia sans aménité. Ensuite, elle posa sur son fils un regard où se mêlaient l'horreur et l'incrédulité.

Indifférent à l'opinion d'autrui, Rico accepta ce regard accusateur avec un sang-froid qui laissa Stasia admirative. Puis elle sentit qu'il lui prenait la main, défiant ouvertement quiconque de le désavouer. Il marcha vers le lit, montrant par là qu'il était maître de la situation.

Reconnaissante malgré tout pour ce geste inattendu de protection, Stasia serra sa main comme si elle avait voulu se cramponner à une bouée de sauvetage.

La mère de Rico se recula presque respectueusement, mais le coup d'œil qu'elle lança à Stasia était si dur que la jeune femme sentit sa gorge se nouer. Qu'avait-elle fait pour mériter une telle hostilité ? Rien, sinon qu'elle avait épousé un milliardaire. Et cela avait été suffisant pour qu'elle passe pour une femme avide et intéressée.

— Chiara…

La voix de Rico était emplie d'inquiétude quand il se pencha pour embrasser sa sœur.

Les yeux de la jeune fille papillotèrent et elle fixa son frère avec une expression vide. Puis un sourire éclaira ses lèvres.

— Rico.

Sa voix n'était qu'un murmure, mais toute la famille l'entendit et poussa un soupir de soulagement. Mme Crisanti s'avança et enlaça sa fille, tandis que la grand-mère prenait la main de Chiara en pleurant.

— Elle nous est revenue…

Des mots qui, pour Stasia, sonnaient le signal du départ.

Discrètement, elle retira sa main de celle de Rico et recula vers la porte. Sa présence ici n'était plus nécessaire. Elle ne faisait pas partie de cette famille. Chiara avait repris conscience, il était temps de partir.

Mais Chiara se mit à parler, d'une voix si faible que Rico dut se pencher pour l'entendre. Il se redressa alors et se retourna vers Stasia, qui reculait toujours vers la porte et s'apprêtait à sortir.

— Stasia, attends ! Elle demande où tu es. Elle veut te parler.

La jeune femme se figea. Pourquoi diable Chiara voudrait-elle lui parler ? Qu'elle ait prononcé son nom quand elle était inconsciente était une chose, mais, cette fois, c'était différent.

Consciente que toute la famille avait les yeux braqués sur elle, elle déglutit péniblement et relâcha la poignée de la porte. Après tout, Chiara ne pouvait pas la blesser davantage qu'elle ne l'avait déjà fait...

Percevant les battements fous de son cœur, Stasia marcha courageusement vers le lit, et Rico s'écarta à son approche. Elle regarda la blessée, notant que l'hématome sur son front avait pâli.

— Bonjour, Chiara, déclara-t-elle d'une voix rauque. Nous avons tous été très inquiets à ton sujet.

— Stasia, articula Chiara avec un sourire doux, avant de fermer les yeux. Quand j'irai mieux, pourrons-nous aller faire les magasins ? Tu as toujours des tenues fabuleuses. Je veux que tu m'apprennes à m'habiller comme toi.

Un silence aussi incrédule qu'effrayant s'installa dans la pièce.

Stasia se raidit, ne sachant que répondre. Rico et elle vivaient séparés depuis un an maintenant. Pourquoi Chiara disait-elle une chose pareille ? A moins qu'elle ne voulût retourner le couteau dans la plaie ? Elle étudia le visage de la jeune fille avec acuité, y cherchant les signes de moquerie, de défiance qui avaient si souvent imprégné ses traits. Mais son expression, légèrement figée, ne révélait rien de tel.

La jeune fille rouvrit les yeux et regarda autour d'elle, essayant sans doute d'interpréter le silence de sa famille. Elle avait l'air perplexe, comme si elle sentait que quelque chose clochait.

— Qu'y a-t-il ? Que... Qu'est-ce que j'ai dit ?

— Rien, *mia piccola,* la rassura vivement Rico en lui prenant la main. Comment te sens-tu ?

Chiara ébaucha une légère grimace.

— J'ai mal à la tête. Pourquoi êtes-vous tous ici ? Que s'est-il passé ?

— Je t'ai parlé de l'accident, reprit Rico d'un air soucieux. Tu ne te souviens pas de l'accident ?

Chiara réfléchit un moment, puis secoua doucement la tête.

— Non. Je me rappelle seulement que vous étiez en voyage de noces, répondit-elle avec un sourire tremblant. Et que tu as été furieux contre moi parce que j'ai débarqué sans prévenir et que j'ai dérangé votre tête-à-tête romantique. Es-tu toujours en colère contre moi ou m'as-tu pardonné ?

Rico semblait avoir été changé en statue de pierre. Près de lui, Stasia pouvait sentir la tension de son corps puissant. Elle entendit aussi le murmure inquiet de Mme Crisanti de l'autre côté du lit. Après un bref calcul, elle établit que l'incident auquel Chiara faisait référence s'était produit près d'un an et demi plus tôt. Au tout début de leur lune de miel...

Qu'est-ce que ça voulait dire ? Etait-ce un nouveau jeu de l'adolescente ?

Le sourire de Chiara s'évanouit.

— Rico ? Tu m'en veux toujours ?

— Non, *piccola,* je ne suis plus en colère, répondit Rico en levant les yeux vers le mur, comme pour y chercher des réponses. Est-ce vraiment la dernière chose dont tu te souviennes ? Ton arrivée à la villa pendant notre lune de miel ?

Chiara acquiesça, avant de demander :

— Pourquoi ?

Rico sourit.

— Pour rien.

Sa voix profonde était rassurante et ne trahissait rien des inquiétudes qu'il ressentait visiblement.

— J'ai besoin de parler avec les médecins. Essaie de te reposer et ne t'inquiète surtout pas.

A sa demande, l'équipe médicale se rassembla autour du lit de la jeune fille, pendant que la famille se retirait dans la salle d'attente. Quelques minutes plus tard, Rico fut appelé dans la chambre. Il revint au bout de quelques instants, l'air plus abattu que jamais, constata Stasia.

— Ils disent qu'elle est... partiellement amnésique, annonça-t-il en surveillant avec inquiétude la réaction de sa mère. Ce serait assez fréquent après ce genre d'accident. Elle ne se souvient de rien après le jour où elle a débarqué à la villa quand Stasia et moi...

Il s'interrompit, avant de poursuivre avec un effort visible.

— ... y passions notre lune de miel.

Stasia sentit le feu lui monter aux joues, tandis que toute la famille se tournait vers elle. Elle aussi se souvenait très bien de l'incident. Rico et elle avaient passé la journée sur la plage, à se baigner et à faire l'amour. Quand ils s'étaient enfin décidés à rentrer à la villa, tendrement enlacés, ils avaient vu Chiara dans la piscine.

Rico avait été furieux. Mais Stasia était intervenue pour calmer les choses, bien qu'elle aussi ait été déçue de voir leur délicieuse solitude ainsi troublée. Finalement, il avait tenu compte de ses conseils et avait autorisé Chiara à rester pour le week-end. Il l'avait ensuite renvoyée à l'école, non sans lui avoir fait un sermon.

Stasia laissa échapper un soupir. Si c'était la dernière chose dont Chiara se souvenait, l'adolescente avait oublié un incident beaucoup plus grave dont elle était également responsable…

Abasourdie par cette nouvelle complication, la mère de Rico s'effondra sur une chaise.

— Est-ce permanent ? demanda-t-elle.

Rico haussa les épaules.

— Impossible à dire. Il y a toutes les chances pour que sa mémoire revienne, mais nul ne sait quand ça se produira. Dans l'immédiat, la priorité, c'est son état physique. Ils sont très satisfaits de ses progrès. Si tout va bien, elle devrait pouvoir rentrer chez nous dans quelques jours, ce qui est presque un miracle.

Sa mère sourit, soulagée.

— Tu l'emmènes dans ta villa ?

Rico acquiesça.

— Elle a besoin de repos et d'une atmosphère paisible. C'est l'endroit idéal. Je m'arrangerai pour y travailler. Ainsi, je pourrai veiller sur elle.

— Je viendrai aussi et je m'occuperai d'elle, déclara sa mère.

Rico secoua la tête.

— Ce n'est pas la peine. Mieux vaut la laisser le plus tranquille possible. Ce sera mieux que tu viennes la voir de temps en temps.

Sa mère répondit à contrecœur :

— Si tu crois que c'est la meilleure solution...

Comme d'habitude, elle s'en remettait à Rico. Une attitude qui avait toujours révolté Stasia.

— Bon, je vais y aller, dit celle-ci en constatant que l'aube n'allait pas tarder à se lever.

Elle glissa un regard en direction de Rico, réprimant l'envie de se jeter dans ses bras. C'était probablement la dernière fois qu'elle le voyait. A partir de maintenant, toute communication entre eux passerait par les avocats, et cette réalité la déprimait.

— Je crains que ce ne soit pas si simple, répondit-il, maussade. Chiara a tout oublié des dix-huit derniers mois. Elle pense donc que nous formons un couple heureux.

Stasia soupira. Ce fait ne lui avait pas échappé.

— Il va falloir que tu lui dises que nous sommes séparés, déclara-t-elle.

Elle frissonna en pensant qu'elle était désormais la seule à connaître la vraie raison de cette séparation, puisque Chiara avait perdu la mémoire.

— C'est hors de question, répliqua Rico. Elle ne doit subir aucun choc, les médecins sont formels. Son environnement doit être le plus calme possible.

Alors, que suggérait-il ? Stasia partit d'un rire bref et sans joie.

— On ne peut pas dire que Chiara ait été dévastée par l'échec de notre mariage, Rico. Elle en était ravie, au contraire. Lui dire la vérité ne la fera pas rechuter.

Mme Crisanti fit entendre une protestation, mais ils n'y prêtèrent pas attention. C'était comme s'ils étaient seuls dans la pièce tout à coup, leurs regards rivés l'un à l'autre.

— *Dio !* Tu ne crois pas que nous avons assez de problèmes comme ça ? Malheureusement pour nous, Chiara en est restée à une autre époque de notre relation...

Le cœur de Stasia se mit à battre plus vite.

— Qu'est-ce que tu veux, à la fin ? lança-t-elle, à bout de nerfs. Que nous jouions la comédie du bonheur ? Que nous reprenions la vie commune, peut-être ?

Il y eut un silence tendu, puis Rico laissa tomber dans un souffle :

— S'il faut en arriver là, eh bien oui.

5.

Stasia le fixait, muette de stupeur. Elle n'aurait pu imaginer de réponse plus extravagante que celle-là !

— Tu ne parles pas sérieusement ? demanda-t-elle.

— Comme si je pouvais plaisanter sur ce sujet ! Mes avocats ont pratiquement bouclé le dossier du divorce. Si tu crois que j'ai envie de tout reporter !

Si Rico avait eu l'intention de la blesser, c'était réussi. Même sa mère parut désarçonnée par son manque de délicatesse. Il dut s'en rendre compte car il se passa une main dans les cheveux, cherchant visiblement à recouvrer son sang-froid.

— C'était une remarque déplacée. Je suis désolé, murmura-t-il.

— De quoi ? D'être toi-même ? le défia-t-elle en essayant de surmonter sa douleur. Ta réaction prouve que ta suggestion est ridicule. Tu peux m'obliger à porter de nouveau mon alliance, mais jamais nous ne ferons croire que nous nous aimons.

Le visage de Rico s'assombrit, et il se tourna vers les siens.

— Vous pouvez aller voir Chiara, leur dit-il.

Ses proches quittèrent docilement la salle d'attente, sans

protester. Stasia les regarda s'effacer, avant de se tourner vers lui.

— Tu connais ton problème ? demanda-t-elle.

— Non, mais je suis certain que tu vas me le dire !

Elle passa outre l'avertissement qui pointait dans sa voix trop douce.

— Personne ne t'a jamais dit non. Tu es toujours celui qui domine, qui décide, qui force les obstacles. Eh bien, j'ai des nouvelles pour toi. Je ne suis pas une de ces adoratrices qui murmurent des « Oui, Rico ! » chaque fois que tu daignes leur accorder une miette d'attention !

Il s'avança si rapidement qu'elle en eut la respiration coupée.

— Je peux te faire dire oui quand j'en ai envie, *cara mia*.

— Ne m'appelle pas ainsi !

Consciente qu'il la dominait de toute sa taille et de sa force virile, elle sentit son cœur s'emballer et recula d'un pas. Geste qu'elle regretta aussitôt en le voyant hausser un sourcil sardonique.

— Tu as peur de moi, Stasia ? Ou peur de ne pas pouvoir me résister ?

Elle déglutit avec difficulté. Il avait raison. C'était ses propres sentiments qu'elle redoutait. Parce qu'ils ne s'accordaient pas avec la femme qu'elle croyait être. Mais, depuis sa rencontre avec Rico, elle se sentait si différente… Oui, avec lui, elle devait reconnaître qu'elle avait envie de se comporter en adoratrice.

— Peur ? Pas du tout. Il se trouve que je ne supporte pas les hommes qui se servent de leur physique pour intimider une femme.

— Moi, t'intimider ? répéta-t-il avec un rire qui la troubla. C'est toi qui me défies tout le temps !

— Cette conversation ne nous mène nulle part.

Elle s'humecta les lèvres, et regretta immédiatement ce geste quand elle vit son regard glisser vers sa bouche. La lueur qui éclaira ses prunelles lui était aussi familière que la sensation insidieuse qui s'emparait d'elle en cet instant.

— Regarde-nous. Je crois vraiment qu'il n'y a aucun moyen de convaincre Chiara que notre mariage existe encore. Je vais lui dire au revoir. Ensuite, je partirai.

— Tu n'iras nulle part, décréta-t-il d'une voix douce. Et, si tu penses que nous ne pouvons pas la convaincre, laisse-moi te prouver le contraire.

Elle aurait dû anticiper son geste, deviner son intention avant qu'il ne passe à l'acte. Mais son esprit était si confus qu'elle était incapable de penser. Surtout quand il glissa une main autour de sa taille et que sa bouche captura la sienne avec l'arrogance d'un homme sûr de son pouvoir et de la réponse qu'il susciterait.

Son baiser fut aussi expert que bref. Il lui imposa sa volonté, taquinant ses lèvres du bout de la langue jusqu'à ce qu'elle les entrouvre. Puis il se plongea dans une exploration lente et audacieuse.

En proie au vertige, Stasia oublia tout. L'endroit où ils se trouvaient, leurs différences, le fait qu'ils n'avaient absolument rien à partager en dehors d'un lit… Elle n'avait conscience que de son corps contre le sien. Du frottement de sa barbe naissante sur sa peau. De sa langue emprisonnant la sienne et de la violence tendue de sa virilité pressée contre son ventre. Tout son corps vibrait. Elle noua ses bras sur la nuque de Rico, l'attirant plus près encore.

Ce fut le moment qu'il choisit pour mettre fin à leur étreinte. Il releva la tête et se dégagea. Son regard était glacial.

— Cela devrait suffire à te prouver que nous serons très convaincants le moment venu.

Stasia vacilla, étourdie, le détestant d'être si maître de lui quand elle se sentait défaillir.

— Tu veux croire que tu n'as pas besoin de moi, Stasia, mais tu feras l'amour avec moi quand je le voudrai. Inutile de prétendre le contraire.

Ulcérée par son arrogance, Stasia ne put retenir un geste impulsif. Le bruit de la gifle résonna dans la petite pièce.

— Tu n'es qu'un salaud ! lança-t-elle, tremblante. Je ne reste pas ici un instant de plus ! Demande à ton pilote de se tenir prêt à me ramener chez moi.

— Tu ne partiras pas, répondit Rico, faisant mine de ne pas avoir senti le coup qu'elle venait de lui donner.

— Tu m'as demandé de venir quand Chiara était dans le coma. Maintenant qu'elle s'est réveillée, tu n'as plus besoin de moi.

Il plissa les yeux.

— Je t'ai déjà expliqué pourquoi j'avais besoin de toi.

— Pour être ta maîtresse à demeure ? s'écria-t-elle en le regardant en face. Non, Rico. Il y a des tas de femmes qui attendent de remplir ce rôle. Tu n'as que l'embarras du choix.

— Tu n'as pas compris ? Je veux que tu te conduises comme ma femme le temps qu'il faudra à Chiara pour recouvrer la mémoire, assena-t-il en fourrant ses mains dans ses poches comme s'il avait peur de perdre son contrôle et de la frapper à son tour. C'est vrai que ce n'était pas un rôle où tu excellais, n'est-ce pas ? Je t'ai tout donné. Tu avais une vie de rêve. Mais, quand je rentrais d'une longue journée de travail, m'attendant à te trouver à la maison, je découvrais que tu étais partie !

— Deux fois ! C'est arrivé deux fois. J'avais des affaires à gérer, moi aussi.

— Pourquoi ? Tu n'avais pas besoin d'argent. Tu avais accès à ma fortune. Tu avais tout ce qu'une femme peut désirer.

Sauf l'amour. Stasia tendit les mains dans un geste d'exaspération.

— L'argent, l'argent, toujours l'argent ! Il n'y a pas que ça dans la vie, Rico. Il y a aussi l'indépendance et l'ambition, par exemple. J'aime mon travail. J'ai besoin de savoir que je suis bonne à quelque chose, que je peux réaliser quelque chose qui a du sens.

— Tu étais bonne au lit, et c'était ce qui comptait pour moi.

Les joues de Stasia s'enflammèrent et elle détourna les yeux avec une exclamation de dégoût.

— Tu ne penses qu'au sexe ! Ce n'est pas une épouse que tu voulais, mais une maîtresse.

— J'en avais deux avant de t'épouser, répliqua-t-il d'un ton glacial. Pourquoi en aurais-je voulu une troisième ?

Stasia pâlit. Dire qu'elle avait donné son cœur et sa vie à cet homme ! Qu'en avait-il fait ? Elle avait été folle de penser que les sentiments qu'elle avait eus pour lui étaient partagés. Rico ignorait ce qu'était l'amour. Pour lui, il n'y avait que le sexe.

— Comme toujours, nos conversations ne nous conduisent nulle part, dit-elle sèchement en prenant son sac. Je m'en vais, Rico, et tu ne pourras rien faire pour me retenir. Si tu ne veux pas mettre ton jet à ma disposition, je prendrai un vol commercial.

A ce stade, elle se sentait si désespérée qu'elle serait partie à pied si ç'avait été la seule possibilité de fuir cet homme !

— Tu n'iras nulle part ailleurs qu'à la villa.

— Et par quel moyen comptes-tu me forcer ? le défia-t-elle. Le fouet ? La torture ?

— Pas besoin de recourir à des méthodes aussi barbares, répondit-il d'un ton égal. Il me suffit de prévenir la banque, et le prêt accordé à ta mère pour financer son magasin d'antiquités sera suspendu. Un simple coup de fil…

Il y eut un long silence. Stasia respirait difficilement.

— Tu ne peux pas faire ça, déclara-t-elle d'une voix tremblante. Tu ne devrais même pas être au courant. Cet emprunt n'a rien à voir avec toi.

— Tu es naïve ou quoi ? s'enquit-il d'un air fatigué. Pourquoi penses-tu que la banque t'a accordé ce prêt aussi facilement ?

Elle était stupéfaite. Qu'était-il en train de dire ?

— Ça n'a pas été facile, justement. Nous avons présenté des projets sains…

— … et très ambitieux, termina Rico. Le prêt a été accordé parce que je me suis porté garant.

— Tu mens !

Oh, mon Dieu ! Faites que ce ne soit pas vrai.

— Appelle la banque si tu veux, dit-il sans la quitter des yeux.

— Mais j'ai demandé ce prêt au nom de ma mère. Je n'ai pas mentionné le tien.

— Comme tu le sais, les Crisanti ont parfois du mal à rester anonymes, dit-il avec ironie. Un petit malin de la banque t'a reconnue à partir de photos parues dans des magazines. Après cela, les responsables ont été trop heureux de te venir en aide.

Avec une horreur grandissante, Stasia se souvint que le personnel de la banque, d'abord condescendant et hostile, était devenu par la suite presque obséquieux. A l'époque, elle avait supposé avec confiance que son projet avait finalement été pris au sérieux. Elle avait envie de rentrer sous terre en mesurant à quel point elle avait été naïve.

Elle ferma les yeux, voulant croire encore qu'il bluffait. Elle sentit ses jambes se dérober sous elle et une nausée l'envahir.

— Je… Je ne voulais rien de toi.

Si elle avait attendu quelque chose, elle serait devenue cette aventurière cupide que les Crisanti avaient vue en elle. Alors qu'au contraire elle n'avait voulu compter que sur son propre mérite pour réussir, pas sur l'argent de Rico. Et qu'elle l'avait aimé pour lui-même.

— Pourquoi ? demanda-t-elle. Pourquoi as-tu fais ça ? Nous n'étions même plus ensemble…

— Appelle-ça une compensation, répondit-il d'une voix traînante. Pour services rendus.

Stasia se détourna pour ne pas lui laisser voir la douleur qu'elle ressentait. L'argent, tout se réglait avec de l'argent pour lui, y compris leur histoire ! Voilà pourquoi pendant toute la durée de leur mariage elle s'était sentie comme sa maîtresse. Jamais comme sa femme. Il l'avait comblée de cadeaux, comme si l'argent pouvait compenser les problèmes de leur couple.

— Je suis sérieux, Stasia, reprit-il en soulignant chaque mot. Soit tu restes et tu joues à l'épouse aimante jusqu'à ce que j'estime l'état de Chiara satisfaisant, soit je fais fermer ta boutique.

Elle lui jeta un regard de dégoût.

— Je n'arrive pas à croire que tu puisses t'abaisser à ce point !

— Ton opinion n'a aucune importance pour moi.

Stasia serra les poings pour s'empêcher de le frapper de nouveau.

— Si tu tentes quoi que ce soit pour nuire à ma mère…

— La décision de lui nuire ou non est entre tes mains, fit-il remarquer. Accepte de rester ma femme le temps nécessaire, et le prêt sera maintenu. Puis, quand le divorce sera prononcé, je ferai en sorte que le magasin t'appartienne.

Elle avait beau examiner la situation sous tous les angles, elle ne trouvait aucune échappatoire. Le mufle ! Il ne lui laissait pas le choix et il le savait.

— Tu es sans pitié.

Il haussa les épaules, montrant par là que son accusation ne l'atteignait pas.

— Quand je me suis fixé un but, je le poursuis jusqu'au bout. Si c'est ce que tu appelles être sans pitié, alors oui, je le suis.

Stasia détourna la tête, sachant qu'il s'en était tenu à cette même ligne de conduite avec elle : il l'avait désirée et l'avait poursuivie jusqu'à ce qu'il l'ait conquise.

— Pourquoi voudrais-tu que je revienne ? murmura-t-elle. Notre mariage était un désastre.

Le regard bref qu'il lui lança révéla toute la profondeur de son mépris.

— Entendons-nous bien. Je ne *veux* pas que tu reviennes. Mais Chiara a besoin d'un environnement stable pour guérir de son amnésie. Et notre mariage n'était pas un désastre. Tu étais trop têtue et trop indépendante pour lui offrir une chance, c'est tout. Je ne veux pas que Chiara pâtisse de tes erreurs. Elle ne doit pas savoir que notre relation est terminée.

Stasia secoua la tête, perplexe et désemparée. Comment osait-il la tenir pour responsable de l'échec de leur couple, quand elle avait fait tant de concessions ? Comment avait-elle pu tomber amoureuse de lui ? Etre aveugle à ce point ?

— Ce que tu proposes n'est pas possible, Rico. J'ai besoin de travailler, j'ai des commandes à...

— Tu continueras ton activité à la villa, répliqua-t-il d'un ton dur. Mais pas de voyages. Tout déplacement hors de Sicile devra attendre que l'état de Chiara se soit amélioré.

Elle aurait voulu protester, discuter ses ordres. Mais comment le contrer quand le bonheur de sa mère en dépendait ?

— Très bien, articula-t-elle péniblement. Je resterai. Mais n'espère pas que je te garde mon estime.

— Comme les temps changent ! dit-il avec ironie. Je me souviens d'une époque où tu m'appelais au bureau pour me supplier de rentrer et de te faire l'amour.

C'était un rappel cruel de l'attitude directe et franche qu'elle avait toujours eue envers lui. Elle n'avait jamais eu peur de lui dire ce qu'elle ressentait, même si pas une seule fois il n'avait en retour révélé ses propres émotions.

Relevant le menton, elle se cramponna à ce qui lui restait d'orgueil.

— Je ne t'ai jamais supplié.

— Oh si ! Avec ta jolie voix sexy. Et, quand je rentrais, tu étais nue dans notre lit à m'attendre. A me désirer.

Stasia ferma les yeux, détestant la description qu'il faisait d'elle, celle d'une femme dépendante qu'elle s'était toujours promis de ne pas être. C'était sans doute en partie pour cette raison que leur mariage avait échoué. Parce qu'elle n'avait jamais été à l'aise avec celle qu'elle était devenue au sein de leur couple.

— Je me souviens bien de l'attente, répondit-elle froidement, dans un suprême effort pour se ressaisir. Des jours et des semaines entiers passés à attendre ton retour de tes sempiternels voyages d'affaires. J'étais seule et je m'ennuyais à mourir.

— Au point de prendre un amant !

— Ce n'est pas ce qui s'est passé !

— Alors comment expliques-tu la présence d'un homme nu dans notre chambre ? *Notre* chambre !

Un silence tendu suivit cet éclat et Stasia crut que son cœur allait s'arrêter de battre. Ils n'avaient jamais discuté de ce qui était arrivé cette nuit-là. Outrée par l'accusation qu'elle avait alors lue dans ses yeux, elle s'était enfuie en espérant qu'il la rattraperait pour exiger une explication. Il ne l'avait pas fait…

Stasia haussa un sourcil interrogateur.

— Tu acceptes d'en parler, finalement ? Au bout d'un an ! Tu ne crois pas que c'est un peu tard ?

Il ignora son sarcasme. Mais elle pouvait voir qu'il était furieux.

— Savait-il combien tu étais ardente au lit ? Ardente et insatiable ? Il est impossible qu'un minable comme lui ait été capable de satisfaire ton appétit de sexe !

Elle se sentit pâlir. Il aurait dû savoir qu'elle ne s'était comportée ainsi qu'avec lui. Il était le seul homme avec lequel elle avait jamais fait l'amour. La nuit où il avait découvert qu'elle était vierge, il avait été si pétrifié qu'il avait failli s'excuser.

— *Madre de Dio !* J'en ai assez ! lança-t-il en se passant une main dans les cheveux. J'ai besoin de prendre l'air, sinon je risque de faire quelque chose que je regretterais ensuite.

Et, après avoir jeté un dernier regard menaçant dans sa direction, il sortit de la pièce en claquant la porte.

6.

Chiara fut autorisée à quitter l'hôpital quelques jours plus tard, à condition qu'elle se repose et ne reste pas sans surveillance.

Stasia savait qu'elle aurait dû se réjouir de cette nouvelle. Pourtant, son angoisse ne cessait de croître. Car côtoyer Chiara avait toujours été une expérience éprouvante. Par ailleurs, la jeune fille détestait la superbe villa sicilienne de Rico, trouvant l'endroit isolé et très ennuyeux. Dans ces conditions, comment allaient-elles s'entendre pendant les jours à venir ?

Mais Chiara avait beaucoup changé, semblait-il. Dès son arrivée à la maison, elle se montra conciliante et soucieuse de ne pas gêner. Plus étrange encore, elle déclara que le panorama l'enchantait.

— Je pourrais aller me baigner ? demanda-t-elle en lançant un regard d'envie vers la plage privée au bout de la propriété.

— Essaye d'abord la piscine, lui conseilla Rico en lui désignant un transat. Assieds-toi, Maria t'apportera un rafraîchissement. Tu devrais en profiter pour dormir. J'ai des coups de fil à passer. Si tu as besoin de quoi que ce soit, demande-le à Stasia. Je te reverrai au dîner.

Il caressa les cheveux de sa sœur d'un geste affectueux, puis s'éloigna à grandes enjambées.

Chiara le suivit des yeux.

— Il a toujours été un père pour moi, murmura-t-elle.

Stasia l'observa, ne sachant que répondre à cela. Dans le passé, Chiara avait détesté l'attitude paternaliste et parfois sévère de son frère.

— Il t'aime beaucoup, se contenta-t-elle de répondre d'un ton neutre.

Chiara s'endormit bientôt et Stasia partit se promener à travers les vergers qui entouraient la villa, luttant contre les souvenirs.

La première fois que Rico l'avait emmenée ici, elle était tombée amoureuse de l'île, de son histoire et de sa culture, de la beauté abrupte du paysage. Aussi enthousiaste qu'une touriste, elle avait voulu visiter tous les sites célèbres. Ensemble, ils avaient admiré de magnifiques temples grecs, des cathédrales romanes et des palais baroques jusqu'à ce que la chaleur et la foule les obligent à rentrer se réfugier dans la fraîcheur de la villa pour des plaisirs plus intimes. Ces jours enivrants et heureux avaient donné à Stasia un aperçu de cette identité sicilienne dont son mari était si fier.

Plongée dans ses pensées, elle cueillit une orange et se dirigea vers la terrasse ombragée par une tonnelle de vigne vierge. Chiara dormait encore. S'installant sur un transat, Stasia s'absorba dans son carnet de croquis en savourant la brise légère qui venait du large.

Quand l'adolescente s'éveilla, il était temps de se changer pour le dîner.

*
* *

Dans la chambre d'ami qu'elle occupait, Stasia constata avec surprise que les armoires étaient vides. Elle ressortit et se mit en quête de Maria.

— Vos affaires ont été transférées dans la chambre de M. Crisanti, *signora*, répondit l'employée de maison.

De plus en plus mal à l'aise, Stasia se dirigea vers la chambre de Rico et y entra sans prendre la peine de frapper, juste au moment où celui-ci sortait de la douche. Il s'essuyait les cheveux avec une serviette.

Elle s'arrêta net sur le seuil et retint sa respiration. Elle ne pouvait s'empêcher de contempler le corps nu et ruisselant de Rico, les larges épaules aux muscles saillants, la toison sombre de son torse qui descendait vers son ventre plat et ferme. Puis elle baissa encore les yeux…

Sentant brusquement la tête lui tourner, elle aspira une bouffée d'air.

La réponse de Rico à son regard insistant fut instantanée et primitive, mais il ne manifesta aucune gêne. Au lieu de se couvrir de la serviette, il la jeta de côté, les yeux fixés sur le visage de la jeune femme.

— Si ma petite sœur nous voyait en ce moment, nous n'aurions aucun problème à la convaincre que nous formons un couple d'amoureux, déclara-t-il en arquant les sourcils.

Stasia tressaillit comme s'il venait de la gifler. Seigneur ! Elle avait été littéralement subjuguée ! Elle se détourna enfin, en laissant échapper un rire nerveux.

— Je crois qu'il est un peu tard pour feindre l'indifférence, déclara Rico en marchant vers elle. L'effet que tu as sur moi en dit long sur ton pouvoir de séduction, *cara mia*.

L'inflexion dure de sa voix suggérait assez qu'il était loin d'être ravi de découvrir à quel point elle pouvait encore le troubler.

Gardant les yeux baissés, Stasia croisa les mains dans son dos pour lui cacher qu'elles tremblaient.

— Maria m'a dit que mes affaires avaient été portées dans ta chambre. Je peux savoir pourquoi ?

— A ton avis ? dit-il en se dirigeant vers la penderie.

Stasia sentit qu'elle étouffait dans l'atmosphère électrique de la chambre. Elle ferma brièvement les yeux tandis qu'il enfilait un T-shirt, regrettant désespérément qu'il n'eût pas commencé par se couvrir le bas du corps. Enfin, il choisit un caleçon de soie et le passa, tout en la défiant d'un regard moqueur.

— Je pensais que ce serait évident pour toi, poursuivit-il.

Il enfilait à présent un pantalon.

Stasia tentait de maîtriser le désir sourd qui la possédait. En vain. Son corps entier était en feu. C'était parce qu'elle n'avait pas fait l'amour depuis un an, se dit-elle pour se rassurer. Elle recula vers la porte.

— Je reviendrai plus tard, lança-t-elle.

— J'y compte bien, répondit Rico d'une voix égale. Car tu va dormir ici. Dormir, t'habiller... tout ce qu'une femme mariée fait d'ordinaire dans sa chambre.

Elle se figea.

— Tu n'espères pas que je vais passer mes nuits avec toi ?

— Bien sûr que si.

— Eh bien, tu te fais des illusions ! répliqua-t-elle, le cœur battant. Jamais je n'accepterai ça.

Il gagna le fond de la chambre d'un air déterminé et décrocha le téléphone.

— Alors, j'appelle la banque.

Stasia se sentit soudain glacée.

— Non ! cria-t-elle. Ne fais pas ça !

Se passant une main sur le front, elle se força à réfléchir à toute vitesse. Quelles possibilités s'offraient à elle ? Une fois de plus, il ne lui laissait pas le choix. Mais pouvait-elle se résoudre à partager la même chambre que lui ? Ce serait un vrai supplice…

Il replaça le combiné en la fixant droit dans les yeux.

— A partir de maintenant, c'est *ta* chambre. Celle de Chiara se trouve deux portes plus loin. Si tu ne dors pas ici, elle le saura.

Elle respira profondément.

— Je ne coucherai pas avec toi ! s'écria-t-elle, désespérée par la tournure que prenait les événements.

Il consulta sa montre, ignorant son intervention.

— Le dîner sera servi dans dix minutes. Tu ne dois pas te changer ?

Elle lui jeta un regard furieux, pivota sur ses talons et quitta la chambre.

Au dîner, Stasia retarda le plus longtemps possible le moment de remonter dans la chambre. Celle de Rico.

— C'est fantastique d'être à la maison avec vous deux, déclara Chiara d'un ton enjoué, en reprenant des olives farcies. Mais je me sens coupable de vous retenir ici. Je sais que tu as hâte de retourner à Rome, Rico.

A cet instant, Stasia sentit la main de celui-ci se poser sur la sienne, et elle tressaillit.

— Il se trouve que c'est le moment idéal pour passer un peu de temps avec ma femme, répondit-il en se tournant vers elle et en soulignant ses paroles d'un regard caressant. Je l'ai négligée à cause de mon travail et j'entends réparer ça.

Il porta sa main à ses lèvres en lui souriant tendrement.

Stasia sentit sa gorge se serrer. C'était ces paroles-là qu'elle aurait aimé entendre quand ils vivaient ensemble. Aujourd'hui, il ne les prononçait que pour rassurer sa sœur.

Cette dernière souriait, insensible à l'hostilité sous-jacente qui emplissait la pièce.

— Je vous promets de ne pas vous déranger, cette fois. Soyez aussi romantiques que vous le voulez. Vous ne vous apercevrez même pas de ma présence.

« Romantiques… » Gagnée par l'émotion, Stasia retira vivement sa main de celle de Rico. Dans sa précipitation, elle fit tomber sa fourchette.

— Je suis désolée…, s'excusa-t-elle. Je me sens un peu fatiguée. Je pense que je vais aller me coucher.

Et, sans tenir compte du regard d'avertissement que Rico lui lança, elle se leva.

— Je vous souhaite une bonne nuit. A demain.

Elle quitta la pièce et courut se réfugier dans la chambre. S'il y avait eu une clé, elle l'aurait tournée dans la serrure. Mais à quoi bon ? Elle savait que Rico ne tarderait pas à venir la rejoindre.

De fait, il entra quelques minutes plus tard, le visage sombre.

— Tu ferais mieux de prendre ton rôle au sérieux. Sinon, je passerai ce coup de téléphone.

Assise au bord du lit, Stasia se sentait vaguement étourdie.

— C'est qu'à l'inverse de toi, s'écria-t-elle, j'ai du mal à vivre dans le mensonge. Je dois appendre, figure-toi !

— Alors, apprends vite.

— C'est ce que j'essaye de faire.

— Pendant tout le dîner, tu es restée silencieuse et tu as regardé ton assiette ! C'est ce que tu appelles essayer ?

répliqua-t-il. Où sont passés tes regards amoureux ? A partir de maintenant, je veux que tu parles comme tu le faisais avant. Tu dois sourire aussi, et faire comme si tu ne pouvais pas t'empêcher de me toucher, *cara mia*.

— Est-ce que ça compte si je t'étrangle ? lança-t-elle en dardant sur lui un regard étincelant.

Rico retint son souffle. Il lisait dans les yeux de Stasia quelque chose du feu qu'il y avait trouvé autrefois et qui le rendait fou. Il esquissa un sourire.

— Garde ça pour la chambre, suggéra-t-il. En public, je veux que tu me touches comme une femme amoureuse.

— Impossible ! Je ne peux pas !

— C'est un mensonge et nous le savons tous les deux, répondit-il en se débarrassant de son T-shirt d'un geste délibérément lent.

Stasia détourna le regard.

— La vérité, c'est que nous sommes incapables de nous voir sans nous toucher. Tu veux que je te le rappelle ? demanda-t-il.

Au bord de la panique, Stasia s'écarta du lit, mais en une seconde il fut près d'elle. Il passa un bras autour de sa taille pour l'empêcher de fuir.

— Laisse-moi partir, supplia-t-elle. Ça n'était pas prévu dans notre marché !

Le cœur de Stasia cognait si fort dans sa poitrine qu'elle pensa qu'il allait éclater. Elle posa les mains à plat sur le torse de Rico pour le repousser. Mais c'était une erreur. A l'instant où ses doigts entrèrent en contact avec sa toison brune et sa peau cuivrée, elle eut envie de se cramponner à lui. Désespérément, elle essaya de rassembler toute sa volonté pour se dégager de son étreinte, mais il était trop proche d'elle. Trop séduisant. Elle se sentit brusquement en proie au vertige.

Ils restèrent un moment immobiles, comme pétrifiés par ce qu'ils ressentaient. Puis la bouche de Rico s'abaissa vers la sienne.

Son baiser exprimait une volonté de possession pure, une intention sans équivoque. Sa langue chercha immédiatement à entrouvrir ses lèvres, pour explorer les profondeurs de sa bouche avec une habileté qui fit trembler Stasia de la tête aux pieds.

Les mains fermes de Rico glissèrent vers ses fesses et il la plaqua contre lui dans un geste presque brutal. En sentant la violence de son désir, elle crut qu'elle allait s'évanouir...

Rico retint un gémissement quand les doigts délicats de la jeune femme effleurèrent ses épaules. Grisé par cette caresse, il l'embrassa avec une ardeur redoublée, l'étreignant de toutes ses forces. Il fallait qu'elle sache l'effet insensé qu'elle produisait sur lui !

Un feu intense consumait Stasia : elle avait besoin du soulagement qu'il était le seul à pouvoir lui donner. Le reste n'avait plus d'importance.

Elle gémit contre ses lèvres. Comme s'il n'attendait que ce signal, il la renversa sur le lit avant de s'abattre sur elle. Il enleva le reste de ses vêtements si rapidement qu'elle ne prit conscience qu'il s'était déshabillé que lorsqu'elle sentit le contact délicieux de sa peau nue contre la sienne. Puis, les yeux rivés aux siens, il lui ôta ses vêtements.

Stasia émit une protestation, mais il l'ignora et fit glisser sa main vers le renflement doux de ses seins, vers son ventre souple et jusqu'à la toison cuivrée qui dissimulait sa féminité. Ses doigts se mirent à explorer sa chair la plus sensible avec une audace incroyable.

C'était délicieux... Elle ferma les yeux et se mit à onduler sous lui. Sous ses caresses expertes, elle parvint à un plaisir si intense qu'elle planta ses ongles dans les épaules de Rico en criant son nom. Il l'embrassa profondément, étouffant ses gémissements qui se prolongeaient.

Enfin, il releva la tête et contempla son visage avec un air moqueur.

— Tu es la femme la moins inhibée avec qui j'ai couché, dit-il d'une voix rauque. Rien d'étonnant à ce que tu aies eu une liaison. D'autant plus que je te laissais seule trop souvent.

Quelles paroles cruelles, alors qu'elle était incapable de riposter ! L'intensité de l'extase qu'elle avait connue la laissait alanguie, mais son corps brûlant renaissait au désir. Elle n'osait bouger, de peur qu'il ne la caresse de nouveau.

— Est-ce qu'il te faisait la même chose ? demanda Rico, tandis que ses doigts recommençaient à l'exciter. Savait-il comment te rendre folle ? A-t-il été le seul ou y a-t-il eu d'autres hommes ?

Haletante, Stasia se cambra soudain, cherchant à se dégager, mais il la plaquait sur le lit de tout son poids.

— Rico, non ! gémit-elle. Tu ne veux pas aller jusque-là. Pas plus que moi.

— Il me semble que j'ai déjà eu la démonstration de ce que tu voulais, dit-il d'une voix lente, avant de refermer sa bouche sur un de ses seins. Maintenant, il est temps de te montrer ce que *je* veux. Or, il se trouve que c'est toi, ma chère femme.

Elle tenta de le repousser, mais les doigts habiles de Rico entre ses cuisses, sa langue sur son téton durci lui procuraient une intense volupté.

Dans un sursaut de lucidité, elle réussit à articuler :

— Tu crois que j'ai couché avec d'autres hommes. Tu ne me désires pas…

— Non ?

La question était ironique. Il se déplaça légèrement pour qu'elle sentît la pression de sa virilité contre sa jambe.

— L'esprit et le corps ne fonctionnent pas toujours ensemble, malheureusement. Savoir que tu n'es qu'une garce ne semble pas résoudre mon problème. En cet instant, je me moque de ton passé. Il faut juste que j'oublie que d'autres ont apprécié ce qui était à moi. Je ne suis pas très partageur, mais j'apprends.

— Si je suis une garce, qu'est-ce que tu es, toi ? riposta-t-elle, mortifiée par ses propos.

— Un désespéré, peut-être ?

Et, comme pour le lui prouver, il prit sa bouche de la sienne dans un gémissement. La force de ce baiser mit fin à tout échange verbal. L'excitation mutuelle, maintenue à son paroxysme pendant trop longtemps, devenait plus incontrôlable. Elle explosait maintenant, tel un raz de marée.

Le temps n'était plus à la séduction. Après tout, les préliminaires n'avaient-ils pas commencé dès que Rico était apparu sur le seuil de son cottage ?

Sans lui laisser le temps d'anticiper, il glissa une main sous ses fesses pour qu'elle se cambre et la pénétra dans un élan presque brutal qui arracha à Stasia un cri d'effroi et d'extase. Alors, elle se souvint que son corps était fait pour cet homme.

Il marqua une pause, et elle nota qu'un voile de sueur couvrait sa peau hâlée. Puis il murmura quelque chose en italien et entra plus profondément en elle, avec la puissance sauvage d'un homme poussé par quelque chose de plus fort que le simple besoin sexuel.

Totalement submergée par la volupté, Stasia noua ses jambes autour de lui.

— Je me moque de savoir avec qui tu couchais avant,

déclara Rico d'une voix vibrante. Tout ce qui m'importe, c'est que tu m'appartiennes maintenant.

Mais les paroles ne signifiaient plus rien pour Stasia. Trop de sensations consumaient son corps et son esprit. Quand de nouveau il plongea en elle, elle s'arc-bouta contre lui, s'offrant davantage à la puissance de son désir.

— Rico..., dit-elle dans un souffle.

Elle lui tendit ses lèvres et il n'eut qu'une seconde d'hésitation avant de capturer sa bouche dans un baiser brûlant et voluptueux. Alors, il l'entraîna dans une chevauchée d'une sensualité inouïe.

L'extase les cueillit au même moment. Ivre de plaisir, Stasia se cramponna et se perdit en lui, avec la certitude qu'elle n'avait jamais cessé d'aimer cet homme. Il pouvait la blesser, l'exaspérer, la rendre folle de rage, mais elle ne pouvait s'empêcher de l'aimer.

Elle ferma les yeux, sentant les battements sourds du cœur de Rico contre le sien et la chaleur de son souffle sur son cou. Il ne bougeait pas, et son poids, au lieu de l'incommoder, la réconfortait. Seigneur, comment pourrait-elle continuer à avancer dans la vie, quand la seule place où elle voulait être, c'était auprès de lui ?

Il roula sur le côté et se couvrit les yeux de son bras replié. Se sentant soudain très seule, elle risqua un coup d'œil vers lui et le regretta immédiatement.

Il offrait l'image d'un homme tourmenté. Si elle avait espéré des mots d'amour et de la tendresse après ce moment d'intense passion, Stasia ne pouvait être que cruellement déçue. L'intimité qu'ils avaient partagée avait volé en éclats en une fraction de seconde. Pire, il devait se sentir souillé d'avoir cédé à ses pulsions et de l'avoir touchée.

Sans un mot ni un regard dans sa direction, il se leva

d'un bond et se rendit dans la salle de bains, dont il referma la porte derrière lui.

Alors, Stasia fondit en larmes. Cette porte close était le symbole de toutes les barrières que Rico avait dressées entre eux. Certes, il l'avait épousée, mais il ne partageait avec elle que son corps. Et elle était tombée amoureuse d'un homme si froid, si distant ! Quelle idiote elle avait été !

Elle entendit le bruit du jet de la douche et imagina l'eau ruisselant sur la peau hâlée de son mari, qui cherchait sans doute à effacer sur son corps les traces de leur échange torride. Elle prit conscience qu'elle ne se libérerait jamais des sentiments qu'il lui inspirait, et cette certitude lui causa une douleur sans nom.

Accablée, elle se pelotonna et ramena le drap sur elle en un geste protecteur. Elle l'aimait avec une force qui ne serait jamais partagée. Et il lui fallait vivre avec.

Dio ! Il n'avait pas voulu en arriver là.

Encore excité, et se méprisant pour sa faiblesse, Rico laissait l'eau froide glisser sur sa peau brûlante. Les yeux clos, les épaules raidies, il tentait d'évacuer sa honte et sa culpabilité.

Il avait été brutal. Même si Stasia s'était cambrée de plaisir, le fait d'avoir perdu le contrôle de ses actes ne lui donnait pas une bonne opinion de lui-même. Il l'avait sans doute blessée. Quoi qu'elle eût fait, aucune femme ne méritait cela.

Conscient qu'une douche froide n'apaiserait ni sa culpabilité ni son désir insatiable, il ferma le robinet et attrapa une serviette. Pourquoi s'était-il comporté de la sorte ?

Il s'essuya les yeux et noua la serviette autour de ses hanches. Peut-être était-ce une question d'orgueil, songea-t-il en se campant devant le miroir. Elle l'avait quitté et il avait voulu lui prouver qu'il était meilleur que n'importe lequel de ses amants. Qu'aucun homme ne comprenait son corps mieux que lui.

A cette pensée, ses doigts agrippèrent le bord du lavabo jusqu'à ce que ses jointures deviennent blanches. Qui voulait-il leurrer ? Cela n'avait rien à voir avec l'orgueil. Il ne pouvait souffrir l'idée qu'un autre homme avait touchée *sa femme*.

Il se mit à jurer d'une voix sourde, identifiant l'émotion terrible qui le déchirait. *La jalousie !* C'était la jalousie qui l'avait poussé à vouloir posséder ce qui lui appartenait.

Mais Stasia n'était plus à lui…

Elle l'avait quitté et il l'avait laissée partir, si déboussolé qu'il n'avait même pas pensé à l'en empêcher. Etait-ce la raison pour laquelle il avait si vite accepté de la faire venir au chevet de sa sœur ? Avait-il inconsciemment cherché à modifier la fin lamentable de leur histoire ?

Il inspira profondément. Dès que Chiara avait prononcé le prénom de Stasia, il avait su ce qui allait arriver. Il ne leur était pas possible de se retrouver l'un près de l'autre sans ressentir la brûlante attirance qui les avait toujours unis.

Il se souvenait de leur premier rendez-vous. Il l'avait emmenée dîner dans son *palazzo* à Rome et elle avait passé la soirée à répéter qu'elle ne resterait pas et qu'elle allait rentrer à l'hôtel. Mais tous deux avaient su que leur destin était scellé dès l'instant où leurs regards s'étaient croisés dans l'immeuble de son entreprise. L'attraction sexuelle était trop forte, trop évidente pour qu'il en soit autrement.

Quand il avait découvert qu'elle était vierge, il lui avait été impossible de la laisser partir. Il avait voulu la garder. Ce qu'il avait fait en lui offrant la seule chose qu'il n'avait jamais offert à aucune femme : le mariage.

Il lui avait donné tout ce qu'elle pouvait désirer, mais cela n'avait pas suffi. C'était un constat douloureux et amer.

Hier encore, il avait cru qu'il aurait la force de ne pas revenir en arrière. Maintenant, il n'en était plus si sûr.

Il laissa échapper un rire cynique. La vérité, c'était que, même en sachant ce qu'elle avait fait, il était encore sous son emprise.

Il s'aspergea le visage d'eau froide et se dévisagea dans le miroir. Pourquoi niait-il ce qu'il ressentait ? Stasia était belle, et elle était toujours sa femme. Leur entente physique était stupéfiante et, malgré ses protestations, il était évident qu'elle le désirait avec la même fièvre.

N'était-ce pas la meilleure des relations ? Pas de « je t'aime » vides de sens, ni de fardeau émotionnel. Rien que le sexe, merveilleux, entre deux adultes consentants. Et, quand Chiara recouvrerait enfin la mémoire, il quitterait Stasia sans l'ombre d'un regret, cette fois pour de bon.

Satisfait d'avoir pu justifier ce qui venait de se passer, Rico entreprit de se raser.

7.

Quand Stasia s'éveilla le lendemain matin, la place auprès d'elle était vide. A voir l'oreiller ferme et impeccable, il était clair qu'elle avait dormi seule. En revanche, les coussins du canapé, dans l'angle de la chambre, portaient la marque du corps de Rico.

Elle ébaucha une grimace, en mesurant combien Rico devait la haïr pour préférer coucher sur cette banquette étroite plutôt que dans son propre lit auprès d'elle. Ce constat la déprima profondément.

Mais à quoi s'était-elle attendue ? A ce qu'il la réveille d'un baiser passionné, peut-être ? Non, bien sûr. L'amour n'entrait pas en ligne de compte dans ce qui s'était passé entre eux. En homme viril et sensuel, il n'avait pas voulu se priver d'une satisfaction physique. C'était tout.

Repoussant les couvertures, Stasia se leva — notant avec un sourire désabusé que son corps était courbaturé — et se dirigea vers la salle de bains.

Réticente à la perspective de l'affronter, et ne se sentant pas de taille à jouer le rôle d'amoureuse qu'il exigeait d'elle, elle prit tout son temps pour s'habiller. Une fois prête, elle se rendit directement dans le verger.

Perdue dans des souvenirs aussi doux que douloureux, elle cueillit une orange. Cueillir dans l'arbre le fruit qu'elle voulait déguster au petit déjeuner était un plaisir dont elle ne s'était jamais lassée. Rico n'avait pas manqué de la taquiner à ce sujet, disant qu'elle avait des goûts simples.

Elle fit tourner l'orange dans sa main. Oui, elle avait des goûts simples. Il n'avait pas réussi à comprendre cela, pas plus que sa famille.

A contrecœur, elle gagna la terrasse.

Rico était allongé sur un transat et affichait une forme insolente pour un homme qui avait mal dormi sur un canapé trop étroit. Quant à Chiara, elle dégustait une pâtisserie tout en bavardant avec lui. Comme Stasia prenait place à table, l'adolescente lui adressa un sourire.

— Tu as fait la grasse matinée ? Tu devais être fatiguée, dit-elle en lui tendant la cafetière. Oh ! On dirait que tu t'es trop exposée au soleil hier. Tu as le cou très rouge.

Consciente du regard de Rico posé sur elle, Stasia s'empara d'une serviette et d'un couteau.

— J'ai la peau sensible, expliqua-t-elle simplement.

Chiara s'empourpra, comprenant soudain son faux pas.

— Oh !... Je ne voulais pas..., balbutia-t-elle. Il... Il va faire très chaud aujourd'hui... Je pourrais aller à la plage.

— Emmène Gio avec toi, recommanda Rico. Tu ne dois pas être seule. N'y reste pas trop longtemps et repose-toi à l'ombre.

Visiblement pressée de s'échapper, Chiara marmonna quelque chose d'inintelligible et se précipita vers l'intérieur de la villa.

Stasia la suivit des yeux, tout en pelant son fruit d'un air concentré.

— Nous pouvons maintenant être sûrs que ta sœur nous croit amoureux, décréta-t-elle sèchement. Te voilà ravi. Tout se déroule comme tu l'avais prévu.

Rico termina sa tasse de café.

— Pas tout à fait. J'ai des regrets à propos d'hier soir...

— Oh ! J'imagine, répondit-elle d'un ton qu'elle espérait détaché. Me toucher ne faisait pas partie de ton plan, n'est-ce pas ?

Il se raidit.

— Stasia...

— Tu crois que je ne sais pas ce que tu as ressenti après avoir fait l'amour avec moi ? le coupa-t-elle avec un tremblement dans la voix. Tu t'es détesté, méprisé ! Pour avoir perdu ton précieux sang-froid et pour avoir touché quelqu'un comme moi !

Il aspira une longue bouffée d'air.

— Ce n'est pas vrai.

Quelque chose dans sa voix retint l'attention de Stasia. Leurs regards se croisèrent, et elle retint son souffle. Brusquement, tous les détails de la nuit dernière lui revinrent à l'esprit...

— Je ne regrette pas de t'avoir fait l'amour, reprit-il. Le problème, c'est que toi et moi ne pouvons être seuls sans nous arracher nos vêtements. Et ne dis pas que tu étais une victime hier soir. Tu le désirais autant que moi.

Stasia aurait voulu nier, effacer l'expression satisfaite et arrogante de ce visage incroyablement beau. Mais comment aurait-elle pu le contredire quand elle avait enfoncé ses ongles dans son dos lisse et musclé en le suppliant de lui offrir du plaisir, encore et encore ? Mieux valait choisir un autre angle d'attaque...

— Tu crois vraiment être le meilleur des amants, n'est-ce pas ?

Il plongea ses yeux brûlants dans les siens et répondit aussitôt :

— A voir ta réaction d'hier soir, je dirais que oui.

Elle s'humecta les lèvres, se demandant ce qui pourrait la rendre un jour indifférente à cet homme.

— Que regrettes-tu, alors ? s'enquit-elle en relevant le menton.

— De t'avoir blessée, répondit-il d'une voix presque douce. J'ai été brutal et j'en suis désolé.

Cet aveu la prit au dépourvu et l'étonnement étouffa la réponse cinglante qu'elle avait préparée. Elle murmura :

— Tu ne m'as pas fait mal.

Il ébaucha un demi-sourire.

— J'aime mieux ça. C'était seulement parce que tu étais aussi ardente que moi.

Son sourire disparut et son regard sombre flamba d'une lueur cynique.

— C'est sans doute parce que ton amant ne te satisfait plus, ces temps-ci...

— Va au diable, Rico ! s'écria-t-elle en se levant si brusquement que sa chaise crissa sur les dalles de la terrasse.

Vexée et furieuse qu'il considérât comme sordide ce qui pour elle avait été un véritable acte d'amour, elle ne put contenir son amertume.

— Tu passais tout ton temps à travailler ! poursuivit-elle. Toi qui emploies des milliers de personnes, il ne t'est jamais venu à l'idée de déléguer une partie de tes activités ? Tu rentrais à la maison juste pour le sexe. Et encore, vers la fin de notre mariage, même ça, tu ne le faisais plus très souvent !

Sur ces derniers mots, elle fit un pas en direction de la villa. Mais une main de fer s'abattit sur son poignet, l'empêchant de fuir. Le cœur de Stasia se mit à battre à un rythme affolant.

— Quand j'aurai besoin d'une leçon sur la façon de gérer mes affaires, je ferai appel à toi, dit-il avec colère. Il est évident que je ne te donnais pas la possibilité d'avoir une activité suffisante au lit. Mieux vaut donc que je te prévienne : tant que tu resteras ici, tu seras trop épuisée pour penser à quoi que ce soit d'autre, sans parler de regarder un autre homme, *cara mia*.

— Rico...

Ignorant sa protestation, il la souleva de terre et, les traits sombres et déterminés, la porta jusqu'à la chambre.

— Rico, pour l'amour du ciel ! s'écria-t-elle.

Stasia lutta quelques secondes, mais déjà son corps répondait à ce contact et elle sentait le désir familier sourdre dans son ventre.

Il la déposa sur le lit et se coucha sur elle, l'empêchant de s'esquiver si elle l'avait voulu.

— Tu voulais davantage d'attention de ma part, dit-il d'une voix étouffée, comme sa langue traçait un chemin sensuel dans son cou. Eh bien, tu vas en recevoir.

— Rico, tu fais seulement semblant ! cria-t-elle.

— Oh non ! murmura-t-il d'une voix rauque en la déshabillant avec habileté.

En sentant sa bouche avide sur ses jambes nues, Stasia poussa un cri. Une vague de sensations folles l'enflamma tout entière et elle se mit à trembler. Elle dérivait vers l'extase tandis qu'il embrassait son ventre, ses seins.

Quand il la pénétra enfin, elle laissa échapper une plainte sourde. Il s'arrêta soudain, haletant et le front en sueur.

— C'est ça, pour toi, faire semblant ?

Et il s'enfonça plus profondément en elle, avant de se retirer presque aussitôt, par jeu. Stasia gémit, en proie à une intense frustration, et l'étreignit plus farouchement, en le suppliant de la prendre.

Cette supplique eut sur Rico un effet insensé. Il s'appliqua à la mener jusqu'à un plaisir éblouissant. Quand elle cria enfin sa jouissance, il s'abandonna en elle. Il articula son nom dans un souffle et la serra contre lui à l'étouffer. Sentant le corps brûlant de Stasia se contracter dans un nouvel orgasme, il laissa échapper un juron et s'arc-bouta sous la pression conjuguée de son plaisir et du sien, fulgurant.

Au bout de quelques minutes, il roula sur le côté.

Etendue, comme en état de choc, Stasia risqua un coup d'œil dans sa direction, se demandant ce qu'il ressentait. Il semblait à court de mots. Or, elle le connaissait assez pour savoir que cette attitude ne lui ressemblait pas.

Comme s'il avait deviné ses pensées, il ouvrit les yeux. Il avait apparemment décidé de minimiser ce qu'ils venaient de vivre, car il se mit à bâiller.

— Tu ferais mieux de te reposer, lui conseilla-t-il d'une voix douce, tout en se levant d'un bond. Afin d'être en pleine forme pour plus tard…

« Plus tard ? » Stasia voulut protester.

— Nous ne pouvons pas continuer à faire ça, Rico…

— Bien sûr que si, répliqua-t-il avec son assurance coutumière. Nous sommes toujours mariés, après tout.

C'était là le problème. Pour lui, le mariage se résumait au sexe. Il oubliait le fossé immense qui existait entre eux. Elle le satisfaisait au lit et c'était tout ce qu'il attendait d'elle.

Stasia fixa le plafond, en proie à une immense détresse. Pouvait-il aller jusqu'à ce degré d'intimité avec elle et ne rien ressentir ?

Elle se couvrit les yeux de ses bras pour ne plus voir Rico, nu et splendide, se mouvoir souplement vers la salle de bains. Elle se sentait fourbue, épuisée. Et, pourtant, s'il s'était tourné vers elle à cet instant pour lui faire de nouveau l'amour, elle l'aurait accueilli sans hésiter. C'était comme si elle ne pouvait se repaître de lui. Seigneur, elle se haïssait d'être aussi faible !

Il lui fallut quelques secondes pour se rendre compte qu'il était sorti de la douche. Il était vêtu d'un short et d'une chemise au col ouvert qui révélait la toison de son torse. Il avait l'air d'un fauve repu et satisfait.

— Allons rejoindre Chiara sur la plage. Tu peux marcher ou faut-il que je te porte ?

Comme il l'avait sans doute prévu, cette question la fit bondir du lit.

— Je vais prendre une douche !

Elle aurait voulu paraître froide et détachée, mais c'était difficile quand il la scrutait de ce regard sombre et pénétrant qu'elle avait toujours trouvé si déstabilisant.

— Dépêche-toi. Je ne veux pas qu'elle reste seule.

— Elle est entourée de gardes du corps, fit-elle remarquer en entrant à son tour dans la salle de bains.

— Ce n'est pas la même chose, répondit-il en prenant appui contre l'encadrement de la porte.

Elle lui jeta un regard irrité.

— Je ne bougerai pas si tu me regardes.

— Un peu tard pour une démonstration de pudeur, tu ne crois pas ? railla-t-il, en faisant courir son regard sur ses seins et sur ses jambes avec un plaisir évident. Et puis, je connais chaque parcelle de ton corps.

— Tu ne me connais pas du tout, Rico.

— Je sais parfaitement comment te toucher pour t'exciter. Et ce qui te fait chavirer.

Elle marcha vers lui et le repoussa, de sorte qu'il dut faire un pas en arrière.

— Ça, c'est juste l'aspect physique, précisa-t-elle. Je

parlais plutôt des émotions. Sur ce plan-là, tu ne me connais absolument pas. Maintenant, va-t'en. Je rejoindrai Chiara dans cinq minutes.

Sur quoi, elle referma la porte à clef.

Quand Stasia arriva sur la plage, elle fut surprise et contrariée de trouver Rico étendu auprès de sa sœur. Elle n'avait pas pensé qu'il serait encore là.

— Tu ne travailles pas, Rico ? demanda-t-elle.

Elle installa sa serviette aussi loin que possible de lui. Malheureusement, c'était le seul endroit qui fût au soleil, et elle le vit froncer les sourcils.

— *Idiota !* lança-t-il d'une voix bourrue en l'attrapant par une main et en l'attirant vers lui. Tu attrapes facilement des coups de soleil. Cinq minutes sous ce soleil, et ta peau vire à l'écarlate. Reste plutôt à l'ombre.

L'inquiétude dans sa voix et la chaleur de son regard étaient presque insupportables. Stasia dut se répéter que tout ceci n'était qu'une mascarade destinée à Chiara.

Elle reporta son attention sur cette dernière.

— Comment te sens-tu ?

— Plutôt bien. Juste un léger mal de tête, répondit la jeune fille en levant les yeux de son magazine et en lui adressant un sourire. Je ne peux pas me souvenir de ce qui s'est passé depuis votre lune de miel. Je compte sur vous pour combler mes lacunes.

— Profite du présent, lui conseilla Rico en s'emparant d'un tube de crème solaire.

Sans avertissement, il entreprit de masser le dos de Stasia avec une douceur sensuelle. Elle tourna la tête vers lui, et la fièvre jaillit entre eux, comme chaque fois qu'ils se touchaient.

Stasia réprima un gémissement. Cela faisait moins d'une heure qu'ils avaient fait l'amour. Pourtant, il semblait que son corps n'en avait pas assez...

— Maintenant, je sais pourquoi j'ai perdu la mémoire, déclara soudain Chiara en riant, tout en roulant sur le ventre avec une mine faussement horrifiée. C'est à cause de votre lune de miel ! Si vous vous comportez encore comme des amoureux au bout de dix-huit mois de mariage, vous avez dû être insupportables à l'époque. Est-ce que vous sortiez parfois du lit ?

— Chiara ! Je ne te permets pas de parler ainsi.

Les sourcils de Rico formaient une ligne réprobatrice et son ton était sévère.

— Je ne suis plus une enfant, fit remarquer Chiara. Et je connais les choses de la vie. Heureusement, sinon tu t'inquièterais pour moi, non ?

Stasia resta bouche bée. C'était la première fois qu'elle entendait Chiara s'opposer à son frère.

— Je suis inquiet de toute façon, admit Rico en lui caressant les cheveux avec affection.

Chiara lui rendit son sourire.

— C'est de ta femme qu'il faut te soucier maintenant, Rico. Ce que j'aimerais savoir, c'est pourquoi vous n'avez pas encore d'enfant.

Pour la première fois de sa vie peut-être, Rico parut totalement décontenancé. Comme le silence se prolongeait, Stasia intervint. Quitte à jouer la comédie, autant le faire jusqu'au bout...

— C'est ma faute, déclara-t-elle avec douceur en prenant la main de Rico. J'ai un métier, tu sais. Une carrière que j'aime et qui implique de nombreux déplacements. Je ne voulais pas avoir un enfant tout de suite. C'est pourquoi nous avons décidé d'attendre.

Ce n'était ni un mensonge ni l'entière vérité. En fait, ils n'avaient jamais abordé le sujet. Ils s'étaient précipités dans le mariage sans réfléchir.

Les épaules de Rico se détendirent et sa main serra la sienne en un geste d'approbation et de gratitude. Apparemment, elle avait fourni la réponse adéquate.

— Je m'étonne que Rico accepte d'attendre, commenta Chiara. J'ai beau avoir perdu en partie la mémoire, je sais que mon frère est un homme avec un grand H. S'il t'a laissée tranquille jusqu'à présent, ne te fais pas d'illusions, il attend son heure.

— En voilà assez, Chiara, dit Rico sur un ton sévère

Bien que cet ordre s'adressât à sa sœur, il continuait d'observer Stasia.

— Tu as trop chaud ? lui demanda-t-il.

— Non, ça va très bien, balbutia-t-elle en réussissant à esquisser un sourire.

Elle paniquait, voilà tout. Car ni l'un ni l'autre n'avait pensé à la contraception. Sentant la tête lui tourner, elle fit un rapide calcul : il était peu probable qu'elle fût enceinte. Ou alors elle jouerait vraiment de malchance. Mais, pensa-t-elle soudain, ne serait-ce pas une chance au contraire ? Car, étrangement, en dépit de tout ce qui les séparait, elle ne pouvait s'empêcher d'être heureuse et exaltée à la perspective de porter l'enfant de Rico. Même si leur relation n'avait pas d'avenir…

Seigneur, voilà qu'elle divaguait ! C'était sans doute à cause de la chaleur.

— Tu as dit que tu ne voulais pas d'enfant à cause de ton métier, dit encore Chiara. Mais tu n'as pas de travail en ce moment ?

S'arrachant à ses troublantes pensées, Stasia murmura :

— Je ne peins plus de fresques. Je réalise des tableaux,

presque toujours sur commande. Ainsi, je n'ai pas à voyager autant. Parfois aussi, je...

Elle se tut brusquement, songeant avec horreur qu'elle avait été sur le point de révéler qu'elle aidait sa mère à la boutique d'antiquités. Elle se mordit la lèvre, avant de poursuivre.

— Parfois, j'aime rester à bricoler dans la maison.

— J'aimerais savoir peindre, déclara Chiara rêveusement, en se rallongeant, les yeux clos. Ce doit être reposant.

— Cela peut être terriblement frustrant aussi, répondit Stasia. Quand un tableau ne rend pas l'effet désiré, je deviens folle.

— J'aimerais apprendre les couleurs et les techniques. Veux-tu me donner des cours ?

Stasia regarda l'adolescente avec étonnement sans pouvoir répondre. Chiara ouvrit les yeux.

— Qu'y a-t-il ? Tu as l'air surprise. Est-ce que je détestais peindre ou dessiner ?

Consciente que Rico l'observait avec attention, Stasia se ressaisit.

— Je n'en sais rien, avoua-t-elle avec franchise. Nous n'en parlions jamais.

Chiara plissa le front et se redressa sur les coudes.

— Qu'est-ce que j'aimais faire, alors ?

De plus en plus désemparé, Stasia tâcha de concevoir une réponse adéquate. Finalement, elle choisit de rester le plus vague possible.

— Comme toutes les filles de ton âge, tu aimais la mode, les amis...

— Les amis ? répéta Chiara pensivement. Est-ce que j'avais un petit ami attitré ?

Rico inspira avec nervosité et son visage se durcit.

— Non, intervint-il. Je veillais à ce que tu n'aies pas ce

genre de relation. Bon nombre de tes petites camarades passaient leurs soirées dans les boîtes de nuit, à boire et à attirer l'attention des hommes. Heureusement, tu ne voyais pas l'intérêt de perdre ton temps de cette façon.

Stasia contemplait la mer au loin, attentive à ne rien révéler de ses pensées. La conversation s'aventurait sur un terrain bien dangereux…

Chiara se redressa tout à fait et entoura ses genoux de ses bras.

— Dis-moi à quoi je passais mes soirées, alors ?

Rico haussa les épaules.

— A étudier, le plus souvent. Ou bien tu restais en famille.

Et, parfois, ajouta mentalement Stasia, Chiara piquait de telles colères qu'elle restait enfermée dans sa chambre. Les soirs où son frère était absent, elle sortait en secret pour se rendre en boîte ou en profitait pour inviter des garçons à la maison. Des jeunes gens que Rico lui avait pourtant interdit de fréquenter.

Le téléphone portable de ce dernier se mit à sonner et il se leva en leur adressant un regard d'excuse.

— Un appel important. Je vous retrouve tout à l'heure.

Il s'éloigna et, pour la première fois, Stasia remarqua les gardes du corps placés à chaque extrémité de la plage.

— Allez, continue, la pressa Chiara. Maintenant qu'il est parti, tu peux bien me dire la vérité.

— A quel sujet ? demanda-t-elle, la bouche sèche.

— Même si j'ai perdu la mémoire, je sais qu'il y a quelque chose qui ne va pas dans ce que dit Rico, répondit la jeune fille en se frottant le front. Oh ! Vivement que ce mal de tête disparaisse et que le brouillard dans mon cerveau s'éclaircisse ! C'est comme si toutes ces réponses étaient là, mais hors de portée.

— Peut-être devrions-nous rentrer à la villa, suggéra Stasia.

Mais l'adolescente secoua la tête.

— Le mal de tête persiste où que je sois. Autant rester ici, dit-elle en inspirant profondément. J'aime cette plage.

Stasia hésita.

— Avant, tu disais que c'était ennuyeux. Mais tu as grandi et...

— Je suis moins casse-pieds, c'est ça ? coupa Chiara d'un ton ironique. J'avais des copains, n'est-ce pas ? Et mon frère ne le savait pas. Je le devine à ta tête.

Stasia se figea. Comment était-elle censée répondre à cela ? Lui dire que c'était l'un de ses copains, justement, que Rico avait découvert dans leur chambre cette nuit-là ? Qu'elle avait précipité l'échec de leur mariage déjà fragile ?

Non, bien sûr que non. Chiara devait être protégée des chocs émotionnels. Et puis, à quoi servirait-il de rétablir la vérité maintenant ? Il était trop tard. Entre Rico et elle, tout était fini.

Ce qui comptait à présent, c'était de faciliter la guérison de Chiara, afin qu'elle-même pût retourner en Angleterre le plus tôt possible.

— Je ne crois pas que le passé soit très significatif, déclara-t-elle avec un sourire chaleureux. Il faut se concentrer sur le présent. Tu ne dois songer qu'à recouvrer la mémoire.

Chiara secoua la tête avec un gémissement et se rallongea.

Mais qu'arriverait-il quand la mémoire lui reviendrait ? s'interrogea Stasia.

A cet instant, Rico revint vers elle et s'étendit sur sa serviette.

— Pourquoi ne travailles-tu pas dans ton bureau ? murmura sa sœur.

Les yeux de Rico brillèrent d'une lueur ironique.

— J'appends à déléguer, répondit-il d'une voix nonchalante.

Stasia ne put retenir un sourire.

— Bientôt, tu vas me parler de tes émotions.

— C'est un peu trop demander, *cara mia*.

Il se pencha et déposa un baiser léger sur ses lèvres entrouvertes.

— Les hommes, continua-t-il, et les Siciliens en particulier, ne connaissent pas ce genre de faiblesse.

Avec ses épaules puissantes, son torse musclé et sa mâchoire carrée ombrée d'une barbe naissante, ce Sicilien-là était vraiment séduisant, ne put-elle s'empêcher de penser.

— Quel macho ! Dis plutôt que tu ne veux rien montrer, railla-t-elle pour alléger l'atmosphère qui vibrait soudain de sensualité.

— C'est notre faute, commenta Chiara en bâillant. Rico est l'homme de la famille depuis qu'il a quinze ans. Nous nous reposons toutes sur lui. Nous attendons de lui qu'il soit fort et qu'il ait réponse à tout. Si jamais je voyais Rico devenir vulnérable, je paniquerais.

Stasia demeura muette de stupeur. Elle n'avait jamais considéré les choses sous cet angle. Elle savait que le décès de son père était survenu alors que Rico était encore très jeune. Et, bien sûr, elle avait constaté qu'il était le chef de famille. Mais elle ne s'était jamais demandé ce que cela avait représenté pour lui de se voir chargé si tôt d'une telle responsabilité. Comment des femmes adultes avaient-elles pu dépendre d'un garçon de quinze ans ?

Elle lui jeta un coup d'œil incertain, désirant soudain lui poser une foule de questions. Qu'avait-il ressenti, par exemple, en devenant un homme alors qu'il n'était qu'un adolescent ? Qui s'était vraiment occupé de lui ? Quand elle l'avait rencontré, elle lui avait reproché son sérieux. Mais était-ce si surprenant ?

Sur une impulsion, Stasia bondit sur ses pieds et lui adressa un sourire de défi.

— On va nager ?

Sans attendre sa réponse, elle se mit à courir vers la mer et se laissa tomber dans les vagues cristallines. Elle poussa un cri quand l'eau froide se referma sur ses épaules. Rico, qui la suivait de près, l'attrapa par la taille.

— Ne me mets pas la tête sous l'eau ! le supplia-t-elle. C'est trop froid !

— L'été commence à peine, lui rappela-t-il d'un air espiègle. Si tu restes dessous, tu ne sentiras pas le froid.

D'un mouvement aisé, il la souleva dans ses bras. Stasia se cramponna à lui, en hurlant de terreur et de plaisir. Et, comme elle s'y attendait, il la lâcha. Elle sombra en lançant des coups de pied dans sa direction.

En toussant et en hoquetant, elle émergea de l'eau et se jeta sur lui. Rico tomba à la renverse en riant, et elle l'imita.

— Ça suffit ! J'ai l'impression d'avoir avalé la moitié de la Méditerranée, fit-elle en s'essuyant les yeux.

— Tu te rends ?

— Jamais !

— En es-tu sûre ?

Son accent sicilien était soudain plus prononcé et elle sentit son cœur battre plus fort en le voyant venir vers elle, le torse ruisselant.

— Non, Rico, ne recommence pas ! Je vais être malade si je bois encore la tasse.

Elle essaya de reculer, mais ses jambes étaient alourdies par les vagues et il l'attrapa aisément.

Cette fois, au lieu de la jeter à l'eau, il l'attira contre lui et la contempla, ses cils sombres dissimulant son expression.

Stasia déglutit péniblement, l'esprit vagabondant déjà vers un passé qu'elle s'était efforcée d'oublier.

Il dut lire dans ses pensées, car il murmura :

— Ça me rappelle notre lune de miel.

Elle ferma les yeux.

— Non, Rico, pas ça…

Elle refusait de revisiter le passé. L'heure était au présent, à la guérison de Chiara. Après quoi, elle partirait. D'ailleurs, elle ne doutait pas que le petit jeu auquel il venait de se livrer n'était destiné qu'à sa sœur.

Il leva une main et, avec douceur, il dégagea son front des mèches qui s'y étaient collées.

— Ça fait longtemps que je ne t'ai pas entendue rire, déclara-t-il. Quand je t'ai rencontrée, tu n'arrêtais pas. En général au mauvais moment. C'était irrépressible chez toi.

Consciente de la chaleur de son corps contre le sien, de ses doigts caressants dans ses cheveux, Stasia éprouva soudain de la peine à respirer.

— Toi aussi, tu riais.

Et, à l'époque, ce n'était pas pour rassurer Chiara…

Les mains de Rico se posèrent sur ses joues.

— Alors, que s'est-il passé ?

— Tu me demandes pourquoi nous avons cessé de rire ?

Le cœur douloureux, elle regarda au loin.

— Je suppose que c'est arrivé quand nous sommes retournés à Rome, poursuivit-elle. Nous travaillions tous les deux. Nous étions stressés…

— Si tu n'avais pas insisté pour travailler, le stress aurait été moindre…

— Arrête, Rico ! lança-t-elle en se dégageant. Je désirais conserver mon activité, et tu le savais. La peinture est ma vie.

— Je n'ai pas essayé de t'empêcher de peindre.

— Mais tu ne m'as pas encouragée non plus. Tu ne voulais pas que d'autres apprécient mon travail, par exemple.

Rico se rembrunit.

— Tu n'avais pas besoin de travailler. Comme tu viens de le faire remarquer, nous menions une vie stressante. Ton obstination n'a fait qu'accroître la pression.

— Mais pourquoi aurais-je dû faire tous les sacrifices ? protesta-t-elle. Tu ne te souciais pas de moi. J'avais horreur de passer mes journées à t'attendre. Et, quand tu rentrais, c'était pour réclamer du sexe.

Il se raidit.

— Ce n'est pas vrai, les choses ne se passaient pas comme ça !

— Si. Quand tu m'as épousée, Rico, tu savais qui j'étais. Et, pourtant, dès que nous avons été mariés, tu as voulu que je me fonde dans un moule. Celui de la parfaite épouse sicilienne.

— Je n'attendais rien de tel. Je t'ai donné tout ce que tu pouvais désirer. Ta vie aurait dû être parfaite. Notre mariage aurait dû être parfait.

Réprimant un soupir de dépit, Stasia reprit :

— Je n'avais pas envie de choses matérielles, mais tu étais trop égocentrique pour le remarquer.

Il lui jeta un regard d'incompréhension.

— A quoi bon mettre la main sur un milliardaire si tu étais décidée à travailler ?

— Pour un homme intelligent, tu peux être incroyablement borné, tu sais ça ? lança-t-elle en crispant les poings pour s'empêcher de le frapper. Je ne travaille pas que pour l'argent. Tu le saurais si tu avais pris la peine de me parler de temps à autre, au lieu de ne penser qu'à me déshabiller.

Elle s'interrompit. Rico semblait à court de mots. Regardant autour d'elle, elle laissa échapper un rire sans joie.

— Te rends-tu compte à quel point tout ceci est ridicule ? Nous n'avons jamais parlé de tout ça avant, et nous en débattons dans la mer, quand il est trop tard pour nous deux.

Sur la plage, elle vit Chiara qui se levait.

— Elle va finir par s'apercevoir que nous nous disputons, ajouta-t-elle. Rentrons.

Sans attendre la réponse de Rico, elle sortit de l'eau et courut sur le sable pour rejoindre la jeune fille. Elle refusait de parler plus longtemps. A quoi bon ? Une fois que Chiara aurait retrouvé la mémoire, elle et lui mèneraient des vies séparées.

Et, même si cette pensée la torturait, il faudrait bien qu'elle s'y habitue.

8.

Chiara ne se joignit pas à eux pour le dîner.

— Elle a mal à la tête, expliqua Stasia dès que Rico parut dans la salle à manger.

Il avait revêtu un jean et une chemise au col ouvert. Elle ne s'autorisa qu'un regard furtif dans sa direction, puis fixa résolument le panorama au-delà de la terrasse. Contempler Rico était trop dangereux. Elle serait tentée de le toucher et, alors, avant même qu'elle ne s'en rende compte, la passion s'emparerait d'elle et la consumerait tout entière.

Elle s'attendait à ce qu'il prenne place en face d'elle, comme d'habitude, mais il s'installa sur la chaise voisine. Quand elle sentit le frôlement de sa cuisse contre sa jambe, elle sursauta.

— Du vin ?

Sans attendre, Rico remplit son verre puis le sien.

— Est-ce que ma sœur est malade ? Dois-je appeler le médecin ?

Stasia secoua la tête et tenta de reculer sa chaise de quelques centimètres. Elle le sentait beaucoup trop proche.

— Je pense qu'elle est restée trop longtemps debout aujourd'hui. La plage, puis la visite de ta mère… Demain, il faudra qu'elle fasse une sieste.

Il acquiesça et prit quelques olives, avant de se renverser nonchalamment contre le dossier de son siège.

— Elle commence à se sentir un peu mieux, fit-il remarquer.

Stasia avait du mal à se concentrer. Pourquoi restait-il si près d'elle alors que Chiara n'était même pas là pour les voir ?

Incapable de supporter la tension croissante, elle se leva avec nervosité.

— Je crois que je n'ai pas faim. Je vais aller faire quelques croquis sur la plage, annonça-t-elle.

Mais les doigts de Rico se refermèrent sur son poignet.

— Assieds-toi, commanda-t-il en la couvant d'un regard sombre. Il est temps que nous parlions. Et tu devrais manger. Cette mozzarella est délicieuse. Mon cousin élève le plus beau troupeau de buffles de la région. Si le lait de bufflonne est trop riche pour être consommé, il fait le meilleur des fromages.

Manger ne lui disait plus rien. Et elle avait encore moins envie de parler, se dit-elle. Mais, une fois de plus, Rico ne lui laissait pas le choix.

A contrecœur, elle s'empara de sa fourchette.

— A quoi bon parler ? Nous n'avons pas de public ce soir, fit-elle d'un ton las.

— Ceci n'est pas à l'attention de Chiara, répondit-il en la relâchant. Il s'agit de notre mariage. Le fait d'être ici en Sicile me rappelle les premiers temps de notre vie conjugale.

Sa voix avait une intonation rauque, nota-t-elle en prenant son verre d'une main fébrile. Leurs pensées prenaient-elles la même direction ?

— Nous aurions dû nous douter que cela ne pourrait pas durer, observa-t-elle.

— Pourquoi ?

— Parce que ce n'était pas réaliste, voyons. Quand nous nous sommes rencontrés, nous ne partagions rien, hormis la passion, répondit-elle en s'empourprant légèrement. Nous passions tout notre temps au lit.

— C'est faux, *cara mia,* dit-il, amusé. C'était aussi sur le plancher, parfois sur le canapé ou sur la plage. A d'autres moments, nous…

— Oh ! J'ai compris, coupa-t-elle vivement, en rejetant les images qu'il évoquait. Ce que je veux dire, c'est que notre relation était uniquement fondée sur le sexe. Nous n'avions pas pris la peine de nous connaître et, quand nous sommes retournés à Rome, chacun est redevenu soi-même. Nous étions des étrangers, Rico. Trop éloignés l'un de l'autre.

Il arqua un sourcil surpris.

— J'ai pourtant beaucoup réduit mes voyages à l'étranger. J'ai plus dormi à la maison pendant notre mariage que pendant les dix années qui l'ont précédé.

— Tu rentrais pour le sexe, Rico, insista-t-elle. Rarement pour dîner et bavarder. Te rends-tu compte qu'il y avait des jours où nous n'échangions pas un seul mot ?

— J'avais de longues journées de travail, mes affaires à gérer…

— Ah oui ? déclara Stasia en faisant tourner son verre entre ses doigts. N'était-ce pas plutôt l'intimité qui te faisait peur ?

Un silence vibrant suivit cette question.

— Nous étions intimes, dit enfin Rico.

— Là, tu parles encore de sexe, jeta-t-elle, avant de boire une gorgée de vin. Tu ne partageais rien d'autre avec moi.

— Je te donnais tout.

— C'était des cadeaux, c'est-à-dire de l'argent. Avec toi, tout se réduit à ça !

— Parce qu'à la différence de toi je sais combien le manque d'argent peut faire souffrir une famille.

Sa voix s'était durcie. Stasia le regarda, quelque peu étonnée.

— Ce n'est pourtant pas l'essentiel, Rico.

— Essaie de dire cela à une femme qui vient de perdre son mari et qui, du coup, n'a plus les moyens de nourrir ses deux enfants. Dis cela à une famille sur le point de se retrouver à la rue !

Cette explosion verbale ressemblait si peu à son mari que, pendant quelques instants, Stasia resta muette, profondément ébranlée par ce discours empreint de passion. D'instinct, elle savait qu'il parlait de sa mère. Et elle n'osait rien dire, de peur de le voir se replier sur lui-même, comme si souvent par le passé, lorsqu'elle le questionnait sur son enfance et sur son père.

— Tu l'as soutenue, déclara-t-elle simplement.

Il lui jeta un regard impatient.

— J'avais quinze ans. Je n'étais pas en âge de lui apporter le soutien qu'elle attendait. Bon sang ! Ce n'est pas un sujet sur lequel j'aime m'étendre. Après ce soir, je ne veux plus qu'il revienne sur le tapis.

Il arborait de nouveau un air froid, distant, et elle préféra se taire, attendant, espérant d'autres confidences.

— Chaque jour, ma mère se privait de nourriture pour que je puisse manger, raconta-t-il. Ma sœur n'avait que quelques semaines, à cette époque, et, à force de se priver, ma mère a été bientôt incapable de la nourrir. Son lait s'était tari.

Il ferma fugitivement les yeux, comme s'il refusait d'affronter les images de ce passé.

— Toutes les nuits, ma sœur pleurait parce qu'elle avait faim, et ma mère pleurait avec elle.

Profondément émue, Stasia déglutit avec peine.

— Rico...

— Tu sais à quoi ça ressemble d'être affamé ? lança-t-il en abattant son poing sur la table. Je veux dire, *vraiment* affamé ?

Elle secoua la tête, incapable de répondre, et il laissa échapper un rire triste.

— Eh bien, moi, je suis passé par là. Ma famille aussi.

Il contempla la nourriture qui emplissait son assiette.

— C'est la faim qui m'a donné l'ambition de réussir.

Son expression était si sombre que Stasia voulut tendre la main vers lui. Mais elle sentait d'instinct que sa compassion ne ferait qu'insulter sa fierté de Sicilien.

— Je suis allé voir notre voisin, le père de Gio, et je lui ai demandé du travail, n'importe lequel. Il avait juste assez d'argent pour nourrir sa famille. Mais il m'a donné ce qu'il pouvait et, en échange, j'ai travaillé pour lui. Il a compris que j'avais besoin de faire quelque chose pour mériter cette aumône, que c'était pour moi une question d'honneur.

Stasia avait la gorge nouée. L'image de Rico en jeune garçon, farouchement déterminé à subvenir aux besoins de sa mère et de sa petite sœur, la suffoquait.

— Et Gio est toujours avec toi.

— Ce qui nous lie est irréductible, plus fort que l'amitié. Ma famille doit tout à la sienne. Sans l'aide de son père, nous serions morts de faim.

Mais c'était Rico qui avait trouvé la solution... Pas étonnant que sa mère le respectât tant. Pas étonnant non plus que l'argent fût si important pour lui.

Soudain, Stasia se sentit honteuse. Il avait raison, c'était facile de rejeter l'argent quand on n'en avait jamais manqué. Elle resta silencieuse un long moment, ébranlée par les révélations inattendues de Rico, touchée, aussi, par la loyauté qu'il avait montrée envers sa famille. Touchée et envieuse. Pourquoi n'avait-elle pas eu droit à ce même sentiment indéfectible ?

— Et ta mère dépendait de toi pour tout... Je comprends, maintenant. Tu es pour eux une sorte de héros. Moi, je n'ai pas eu le même passé, déclara-t-elle avec tristesse.

Elle savait qu'il ne comprendrait pas ce qu'elle tenait tant à lui dire.

— Et c'est vrai, l'argent ne m'intéressait pas. Ce que je voulais, c'était *toi*, Rico. Je désirais connaître ton âme. Ce qui te faisait avancer dans la vie, ce qui t'amusait, ce qui te faisait peur. Et j'espérais de toi la même attention.

— Je t'ai épousée. Je pensais que c'était une preuve suffisante de mon intérêt, dit-il avec ironie.

Stasia sentit son cœur battre plus vite.

— Pourquoi ? demanda-t-elle en osant à peine formuler sa question. Pourquoi m'as-tu épousée ?

— Parce qu'une fois que je t'avais séduite il n'était plus question de te laisser partir, répondit-il d'un ton possessif.

— C'est pourtant ce que tu as fait. Tu m'as laissée partir, Rico.

— Dis plutôt que tu as pris la fuite.

— Tu n'as pas essayé de me retenir. Et tu ne m'as pas suivie.

— Mais tu m'avais trahi, répondit-il, avant de boire une gorgée de vin.

— J'étais innocente !

A ces mots, il reposa violemment son verre sur la table.

— Les innocents ne fuient pas !

Stasia sentit ses jambes trembler. Néanmoins décidée à se défendre, elle riposta.

— Sauf quand ils sont en colère. Et je l'étais, Rico. Contre toi, contre...

Elle s'arrêta net, horrifiée à l'idée qu'elle avait failli prononcer le nom de sa sœur.

— Je n'arrive pas à croire que nous revenions là-dessus, se reprit-elle.

— Moi non plus, convint-il en se passant une main sur la nuque.

— C'est toi qui as abordé le sujet, glissa-t-elle.

— J'ai eu tort. Restons-en là, avant que je ne fasse ou dise quelque chose que je regretterai ensuite.

Stasia songea qu'elle-même nourrissait trop de regrets. Au fond, elle s'en voulait d'avoir laissé l'écart se creuser entre eux et de s'être enfuie, cette nuit-là. Alors qu'elle aurait dû se battre pour rester auprès de l'unique homme de sa vie.

Des larmes commencèrent à lui piquer les yeux. Elle l'entendit soupirer.

— Pas de ça, je t'en prie, déclara-t-il d'une voix rauque. Tu es la seule femme qui n'ait pas utilisé les larmes avec moi.

Doucement, il déposa un baiser sur ses lèvres.

— Je ne pleure pas, marmonna Stasia.

— Jusqu'au-boutiste, hein ?

La langue impatiente de Rico cherchait la sienne. Ils savaient tous deux comment cela allait finir...

— Oh ! Pas tant que ça..., répondit-elle en glissant une main derrière sa nuque pour l'attirer contre elle. J'aurais juste aimé que tu me racontes tout cela plus tôt.

— Je n'aime pas évoquer ces souvenirs-là.

La tiédeur de son souffle sur sa peau la troublait infiniment. Elle avait besoin de cet homme. *Maintenant !* L'avenir n'avait pas d'importance. Pas plus que le fait qu'il la crût coupable d'un acte qu'elle n'avait pas commis. Elle l'aimait, et cela seul comptait. Tant pis si, au premier contact, elle sombrait de nouveau, comme si elle était sous l'emprise d'une drogue. Oui, elle le voulait. A n'importe quel prix, et même au risque de se perdre elle-même.

Sans cesser de l'embrasser, Rico la souleva dans ses bras et se dirigea vers leur chambre, dont il referma la porte d'un coup de pied. Là, il la renversa sur le lit et s'allongea sur elle. Une main glissée dans ses cheveux, l'autre traçant un chemin voluptueux le long de sa cuisse, il murmura :

— Ta peau est comme de la soie.

— J'ai envie de toi..., gémit Stasia en agrippant sa chemise. Je te désire tellement !

L'élancement sourd du désir pulsait si fort en elle qu'elle en venait presque à le supplier.

— Rico...

— Tu n'as pas besoin de me le dire, répondit-il en relevant plus haut sa jupe. Tu ne cesses de répéter que je ne te connais pas, mais il y a des choses de toi que je connais parfaitement.

Pour toute réponse, Stasia se mit à onduler sous lui.

Les mains de Rico défirent les minuscules boutons de son chemisier. Il découvrit alors qu'elle ne portait pas de soutien-gorge.

— *Dio !* Tu rendrais fou un homme sain d'esprit. Tu es si belle...

— Je ne veux pas attendre. Oh !... Viens..., articula-t-elle dans un sanglot.

Elle se cramponna à lui de toutes ses forces, planta ses ongles dans son dos. Puis ses mains descendirent vers son pantalon et essayèrent de débloquer la ceinture. Mais elles tremblaient trop.

— Rico, je t'en prie, maintenant...

La bouche virile captura la sienne en un long baiser, brûlant de sensualité. Puis il se dévêtit rapidement.

Aussitôt, les doigts de Stasia se refermèrent sur son sexe et elle soupira de plaisir.

— Si tu continues, je vais exploser, marmonna-t-il en essayant de se soustraire à ses caresses. Donne-moi un moment...

— Non ! le supplia-t-elle. Maintenant...

— Si tu répètes encore une fois ce mot, je ne réponds plus de mes actes, gronda-t-il, avant de l'embrasser.

Stasia succomba à la profondeur de son baiser et plongea dans un océan de volupté. Elle sentait le désir impérieux de Rico contre sa cuisse, et ce contact décuplait l'envie qu'elle avait de lui.

Lorsqu'il la posséda, elle cria son nom, avant de s'abandonner à un plaisir inouï, si intense qu'elle en perdit le souffle. Tout son corps vibrait. D'instinct, elle enroula ses jambes autour de lui pour le retenir prisonnier.

Cette violence délicieuse, au-delà de toute retenue, arracha un cri à Rico. L'instant d'après, il accélérait le rythme de son va-et-vient, prolongeant ainsi la vague de plaisir qui envahissait Stasia.

Elle était incapable de penser. C'était comme si son corps prenait sa revanche sur le vide de ces longs mois passés sans lui. Et sur l'avenir, qui s'annonçait tout aussi désespérant.

Bientôt, elle sentit que Rico la rejoignait dans l'extase.

Quand enfin il retomba sur elle, épuisé, elle le serra de toutes ses forces contre elle. Alors il roula sur le dos en l'entraînant avec lui et ils restèrent enlacés, leurs cœurs battant à l'unisson.

Stasia garda les yeux clos, ébranlée par cette expérience prodigieuse. Connaîtrait-elle cette plénitude avec un autre homme ? Non. Les choses se passaient ainsi avec Rico parce qu'il était l'homme de sa vie. Si elle avait cru pouvoir le quitter et l'oublier, elle s'était lourdement trompée.

Il était parti quand elle se réveilla. Comme d'habitude, pensa-t-elle, déprimée. Et c'était probablement mieux ainsi. Emerger du sommeil auprès d'un homme qu'on avait supplié de vous faire l'amour et qui ne vous aimait pas — et ne vous avait jamais aimée — était une expérience trop douloureuse.

Après avoir fait sa toilette, elle prit à contrecœur le chemin de la terrasse, sans avoir la moindre envie d'avaler quoi que ce soit au petit déjeuner. Mais, se rappelant qu'elle avait un rôle à jouer pour le bien de Chiara, elle accéléra le pas.

Dès qu'elle parut, Rico se leva et vint à sa rencontre. Il posa un baiser doux sur son front. Ç'aurait pu être un moyen délicieux de commencer la journée, si cette petite démonstration d'affection n'avait pas été une comédie destinée à Chiara.

— Bonjour.

Le ton de Rico était délicieusement rauque et, à sa grande horreur, Stasia sentit ses sens s'éveiller.

Oh non ! Pas encore... Ressaisis-toi ! se chapitra-t-elle.

Il lui avait fait l'amour presque toute la nuit... Pourtant, un seul regard de Rico suffisait à la faire fondre. Il n'avait même pas besoin de la toucher pour cela.

Désespérée de constater qu'elle n'avait aucune défense

contre cet homme, elle prit place et... crut que son cœur allait s'arrêter de battre. Devant elle étaient posées des oranges fraîchement cueillies.

Elle leva les yeux et Rico lui retourna un léger sourire, qui la troubla instantanément.

— J'ai voulu t'épargner un trajet jusqu'au verger ce matin. J'ai pensé que tu étais peut-être fatiguée, ajouta-t-il d'un air malicieux.

Stasia s'empourpra et prit un fruit, bien plus touchée par cette attention qu'elle ne l'aurait souhaité, tout en se demandant ce que ce geste signifiait.

— Merci, murmura-t-elle.

Rico fut affectueux et prévenant pendant tout le repas. Il lui passait les plats, s'assurait qu'elle restait à l'ombre, tout en bavardant de tout et de rien.

Sa gentillesse à son égard était d'autant plus poignante qu'elle était factice, songea-t-elle. C'était ce genre de relation qu'elle aurait voulu avoir avec lui quand ils étaient mariés. Hélas, il n'y avait rien de vrai. Pourtant, de toutes ses forces, elle aurait voulu que ce jeu devienne réalité...

— Puisque tu parles d'ombre, je vais éviter la plage aujourd'hui, annonça Chiara d'une voix morose en portant une main à son front. Je passerai la journée à l'intérieur.

— Dans ce cas, je peux te suggérer une occupation, annonça Rico en se levant et en les invitant toutes deux à le suivre.

Perplexe, Stasia consulta l'adolescente du regard, mais celle-ci haussa les épaules d'un air dérouté.

Il les guida jusqu'à son bureau, et Stasia écarquilla les yeux en poussant une exclamation de surprise. La pièce avait été transformée en atelier d'artiste ! Les fournitures s'empilaient sur les tables, encore protégées dans leurs emballages.

— Oh ! Rico...

— Tu dis que je ne pense pas à toi, *cara mia*. Alors, voilà ma réponse. Tu voulais travailler ? A présent, tu le peux. Et tu pourras aussi enseigner la peinture à Chiara.

Sa voix était basse et, pour la première fois peut-être, il paraissait peu sûr de lui, comme s'il cherchait à deviner quelle allait être sa réaction.

Stasia regardait autour d'elle, incapable de parler.

— Je n'ai rien déballé, ajouta-t-il, hésitant. J'ai pensé que tu aimerais le faire toi-même.

Elle s'avança et prit un tube de couleur entre ses doigts. C'était la première fois qu'il faisait des concessions au sujet de sa peinture.

— Comment t'es-tu procuré tout cela ?

— J'ai téléphoné à ta mère, avoua-t-il. Et j'ai fait venir la commande par avion. Tu es contente ? Cette pièce est exposée au nord. Je me souviens de t'avoir entendu dire qu'elle ferait un atelier idéal.

— Mais c'était ton bureau...

Il haussa ses larges épaules d'un air évasif.

— Je préfère la vue d'une des chambres.

La flamme chaleureuse qui brillait dans ses yeux la retenait captive. Un fol instant, elle songea qu'il avait fait ce sacrifice pour elle, que leur expérience de la nuit dernière avait tout changé.

Puis elle entendit Chiara soupirer, et elle reprit pied dans la triste réalité. Bien sûr, un déménagement pareil demandait de la préparation et Rico ne laissait rien au hasard. Il ne faisait qu'appliquer son plan : convaincre sa sœur qu'ils formaient un couple heureux, qu'il était un époux attentionné.

Son plaisir fut instantanément gâché.

— C'est merveilleux, finit-elle par déclarer d'un ton neutre. Merci beaucoup.

Il fronça légèrement les sourcils, en l'étudiant avec attention. Puis il consulta sa montre.

— Je dois donner un coup de téléphone important. Je vous reverrai tout à l'heure.

Sans qu'elle s'y fût attendue, il attira Stasia contre lui et déposa un baiser sur ses lèvres. C'était à la fois un rappel de la nuit précédente et une promesse de délices à venir, mais elle fut incapable d'y répondre.

Si seulement Rico lui avait offert cet atelier quand ils étaient encore ensemble ! Si, au moins, il l'avait fait sans arrière-pensée...

Elle ne devait pas oublier que, sans l'amnésie de Chiara, elle ne serait même pas là. L'intimité et les gestes affectueux de Rico lui faisaient perdre la tête, c'était sûr. Mais à n'importe quel moment sa jeune sœur pouvait recouvrer la mémoire, et tout s'évanouirait du même coup.

En voyant l'expression froide de Rico, elle sut qu'elle l'avait vexé en montrant si peu d'enthousiasme devant son cadeau. Aussi plaqua-t-elle un sourire de commande sur ses lèvres.

— C'est formidable, Rico ! Vraiment. Encore merci.

Il la fixa quelques secondes encore, puis quitta la pièce à grandes enjambées. Le cœur lourd, Stasia le suivit des yeux.

Heureusement, Chiara ne semblait pas avoir remarqué quoi que ce soit d'anormal.

— Jamais je n'ai vu mon frère dingue de quelqu'un à ce point-là ! commenta-t-elle en admirant le matériel de peinture. Et qui aurait cru qu'il abandonnerait son cher bureau ? C'est la meilleure pièce de la villa.

Stasia réussit à ébaucher un sourire.

— Oui, la meilleure. Elle reçoit une lumière magnifique.

La jeune fille fronça les sourcils et porta une main à son front.

— Ça ne lui ressemble pas, n'est-ce pas ? Je veux dire, de prendre tout ce temps sur son travail ?

— Pas vraiment, non, répondit Stasia, préférant rester évasive.

La jeune fille esquissa une moue peinée.

— Je te casse les pieds avec mes sempiternelles questions, n'est-ce pas ? J'embête tout le monde à essayer de reconstituer le puzzle...

— Pas du tout, lui assura Stasia. Au contraire, j'aime passer du temps avec toi.

Et, sur une impulsion, elle serra la jeune fille dans ses bras. L'adolescente était si différente depuis son accident. Envolée, la gamine boudeuse qui ne cherchait que la provocation et lui avait rendu la vie infernale ! A sa place, elle découvrait une jeune fille attentionnée, adorable.

Chiara s'écarta légèrement. Son visage affichait une expression déroutée.

— Tu dis cela comme si c'était nouveau... Mais nous avons vécu sous le même toit à Rome. Nous ne passions jamais de temps ensemble ?

Stasia se raidit, consciente d'avoir par inadvertance provoqué des questions auxquelles elle n'était pas préparée à répondre.

— Bien sûr que si, mais nous menions des vies séparées. A propos de peinture... as-tu envie de commencer tout de suite ?

Le visage de Chiara s'éclaira d'un sourire ravi.

— D'accord ! Allons-y.

*
* *

Rico fixa le tableau inachevé. Il ne pouvait manquer de reconnaître le talent déployé sur la toile. Depuis une semaine, il avait remarqué que, dès qu'elle en avait l'occasion — et pas seulement lors des visites de sa mère à la villa —, Stasia s'éclipsait dans son atelier. Poussé par la curiosité, il avait voulu découvrir à quoi elle s'occupait.

Il dévoila une autre toile et retint son souffle, captivé. Avec une bouffée de culpabilité, il se rendit compte qu'il ne s'était jamais intéressé à son art auparavant. Il avait été trop occupé à la contempler, elle, pour perdre du temps à étudier ce qu'elle peignait.

Il s'approcha, examinant le coup de pinceau audacieux, les couleurs vives. Le tableau accrochait l'œil — comme la femme qui l'avait peint.

Avec la désagréable impression d'être un voyeur, il se dirigea vers les autres peintures appuyées contre le mur. L'une après l'autre, il les examina en silence, les yeux plissés.

Le collectionneur et l'investisseur qu'il était reconnaissaient d'instinct l'originalité et la valeur des œuvres qu'il avait sous les yeux. Mais, en tant qu'homme, il percevait quelque chose d'autre. L'essence même de Stasia. *Sa femme.*

Comment avait-il pu lui demander d'abandonner son art ? C'était comme de vouloir l'empêcher de respirer.

Le front soucieux, il remit en place les châssis et revint vers le chevalet qui supportait le tableau qu'elle avait commencé. Comment avait-il pu penser que son rôle d'épouse suffirait à la combler ?

La vérité était qu'il avait été si obsédé par elle, physiquement, qu'il n'avait pas accordé d'attention à ce qui la rendait heureuse. Il avait passé toutes ses journées à travailler, sans même se demander ce qu'elle pouvait faire de son temps libre. Il avait supposé qu'elle en profitait pour déjeuner avec sa mère, ses amies, qu'elle faisait les magasins… Sauf que pas une seule fois elle n'avait utilisé la carte de crédit qu'il lui avait donnée.

Quand elle s'était rendue en Angleterre pour rencontrer des clients potentiels, il avait été furieux, arguant qu'il ne servait à rien d'avoir une femme s'il devait trouver son lit vide en rentrant à la maison. Bref, sa conduite n'avait pas arrangé leur relation, il en prenait conscience à présent. Se débattant avec cette vérité inconfortable, il se passa une main sur la nuque.

Pour résumer, cela revenait à dire qu'il n'était qu'un monstre d'égoïsme et de froideur. Ou qu'il ne supportait pas de vivre sans Stasia. Ceci posé, quelles conclusions devait-il en tirer ?

Tout en réfléchissant, il quitta l'atelier, refermant soigneusement la porte derrière lui.

Les jours suivants s'écoulèrent dans une ambiance idyllique. Stasia s'efforçait de garder les pieds sur terre en se rappelant que ce bonheur n'était qu'une illusion et ne tarderait pas à prendre fin.

Mais, pour l'heure, tout était parfait. Elle ne pouvait s'empêcher d'apprécier l'attitude attentionnée de Rico. C'était comme s'il voulait tout connaître d'elle…

Dans la journée, certes, ils jouaient le jeu pour Chiara, mais la nuit ils faisaient l'amour jusqu'à en être épuisés. Et, quand ils se réveillaient, ils recommençaient. Parce que cela leur semblait naturel…

En pensant que leur deuxième semaine en Sicile était maintenant bien entamée, Stasia prit place sur un transat de la terrasse.

Soudain, elle vit Chiara ébaucher une grimace de souffrance.

— Qu'y a-t-il ? s'inquiéta-t-elle aussitôt en voyant la jeune fille se presser les tempes.

— Ma tête... Je me sens toute drôle... Je ne comprends pas ce qui m'arrive.

— Rentrons, dit-elle en la prenant par le bras. Le médecin a dit que tu avais besoin de beaucoup de repos. Tu n'as peut-être pas assez dormi.

Chiara se laissa conduire sans résistance dans sa chambre et s'effondra sur son lit, les yeux clos.

Très inquiète, Stasia lui ôta ses sandales et ferma les volets.

— Ça devrait te faire du bien. Appelle-moi si tu as besoin de quoi que ce soit. Je suis sur la terrasse.

Sans bruit, elle sortit de la chambre, consciente que ses jours heureux en Sicile étaient désormais comptés. Elle sentait que Chiara n'allait plus tarder à se souvenir du passé.

Elle avait raison. Le désastre se produisit la nuit suivante.

9.

Ils furent réveillés en même temps par des sanglots déchirants.

— *Dio !* Chiara...

En un éclair, Rico fut hors du lit et, le temps d'enfiler un peignoir, il se précipita dans le couloir, suivi de Stasia.

Le lit de Chiara semblait avoir été ravagé par une tornade. Les draps gisaient à terre, enchevêtrés, et la jeune fille était recroquevillée à même le sol, tremblante, le visage noyé de larmes. Rico poussa une exclamation et s'agenouilla aussitôt près d'elle. Il lui parla en italien, d'une voix profonde et apaisante, mais sa sœur s'écarta de lui.

— Non ! Ne me touche pas ! lança-t-elle, avant de se couvrir le visage de ses mains. Tu m'as menti ! Vous m'avez menti tous les deux !

Rico prit une profonde inspiration.

— Chiara, tu es bouleversée, mais...

— Bien sûr que je suis bouleversée ! répliqua-t-elle, secouée de sanglots. J'ai fait un cauchemar terrible, et, quand je me suis réveillée, je me suis souvenue de tout. *De tout, Rico !* Y compris du fait que Stasia et toi ne vivez plus ensemble depuis un an !

— Calme-toi, *piccola*. Tout ira bien...

— Non, tu ne comprends rien !

Elle secoua la tête et ses sanglots redoublèrent. Rico la prit dans ses bras et s'assit avec elle au bord du lit. La jeune fille pleura alors sans retenue contre l'épaule de son frère.

Stasia contemplait la scène, se sentant complètement désemparée. Qu'est-ce qui avait provoqué chez Chiara une telle crise émotionnelle ? Etait-ce le simple fait de recouvrer la mémoire ? Brusquement, elle regretta de ne pas avoir pris le temps d'en apprendre davantage sur l'amnésie.

— Il faut que tu cesses de pleurer, dit doucement Rico en écartant les mèches brunes du visage de sa sœur. Sinon, tu vas retomber malade, *piccola*. C'est un grand choc, je sais...

— Ce n'est pas le fait de me rappeler qui est horrible, hoqueta-t-elle en s'essuyant les yeux. Ce sont les souvenirs eux-mêmes.

Relevant la tête, elle regarda Stasia avec une détresse poignante. En voyant cela, cette dernière n'eut plus aucun doute sur la nature du souvenir qui causait tant d'angoisse à la jeune fille. Et cela lui fit l'effet d'une douche glacée.

A l'époque, elle avait guetté le remords chez Chiara. En vain. Mais cette adolescente insensible semblait désormais appartenir au passé et n'avait plus rien de commun avec celle qu'elle avait appris à connaître ces derniers jours. Non, Stasia ne voulait pas qu'elle se sente coupable. Il était beaucoup trop tard maintenant. Il fallait aller de l'avant.

Consciente que Rico les observait d'un air perplexe, elle se concentra pour se ressaisir.

— Quelles que soient les choses dont tu te souviens, elles appartiennent au passé, déclara-t-elle doucement. Je crois qu'elles doivent y rester enfouies, nous ne devons plus penser qu'au présent et à l'avenir.

Et, sur une impulsion, elle se pencha pour caresser la joue de la jeune fille.

Les yeux de celle-ci s'emplirent de nouveau de larmes.

— Mais...

— Nous allons te donner quelque chose contre ce mal de tête, coupa Stasia en se redressant et en ramassant les draps chiffonnés. Puis tu te mettras au lit. Dormir te fera du bien.

Le regard de Chiara alla de l'un à l'autre.

— Vous êtes séparés, mais vous vous conduisez comme des amoureux. Etait-ce pour ne pas me contrarier ?

Stasia devinait ce que Chiara voulait entendre : qu'ils s'étaient réconciliés pour de bon. Ainsi, ce qu'elle avait fait dans le passé n'aurait plus aucune importance.

Malheureusement, elle ne pouvait lui donner cette réponse-là.

Rico se passa une main dans les cheveux, visiblement désemparé.

— Les médecins ont dit que tu ne devais subir aucun choc. Quand tu t'es réveillée à l'hôpital, tu ne te souvenais de rien au-delà de notre lune de miel. Tu semblais aussi très heureuse de voir Stasia. Ç'aurait été trop dur de t'avouer qu'elle ne faisait plus partie de notre vie.

Chiara se raidit.

— Je me sens si mal !

— C'est normal, la rassura-t-il aussitôt. Tu souffres encore des effets de ta blessure à la tête.

Seule Stasia savait que Chiara ne parlait pas de son état physique. Une fois encore, elle essaya d'apaiser la conscience de la jeune fille.

— Tu dois cesser de t'inquiéter, maintenant. Rien ne compte plus que ta guérison.

— Comment peux-tu dire cela ?

Chiara tremblait de tout son corps à présent, et Rico s'alarma.

— J'appelle le médecin, annonça-t-il en se levant.

— Laisse-moi y aller, intervint Stasia en se dirigeant vers la porte.

Il était clair que sa présence traumatisait l'adolescente en lui rappelant sa conduite passée. Du reste, elle-même sentait qu'elle n'avait plus rien à faire ici.

Soudain très accablée, elle alla téléphoner dans le salon, puis retourna dans la chambre où, moins d'une heure plus tôt, Rico et elle dormaient tendrement enlacés. Pour la dernière fois, songea-t-elle avec amertume.

Il était temps qu'elle fasse sa valise. Sentant ses jambes se dérober à cette perspective inéluctable, elle s'affaissa au bord du lit. Elle n'avait plus la force de refouler le souvenir de cette nuit fatale...

Ce jour-là, Rico était absent. Il était parti à New York pour une semaine. Seule dans leur chambre, Stasia dormait profondément, quand des rires venant du couloir la réveillèrent. Seigneur ! Chiara avait encore invité un garçon, et ce malgré l'interdiction formelle de Rico.

L'esprit encore ensommeillé, Stasia se redressa en soupirant. Que devait-elle faire ? Chiara la détestait. Si elle sortait dans le couloir pour la prendre sur le fait, leur relation déjà difficile risquait d'en pâtir. D'autre part, par honnêteté pour Rico, elle devait essayer de faire entendre raison à sa sœur.

— Tu as quinze ans, je t'interdis de fréquenter des garçons, l'avait-il avertie. Concentre-toi sur tes études. Si jamais j'apprends que tu as des rendez-vous, je te renvoie en Sicile !

Mais, avant que Stasia ait pu arrêter une ligne de conduite, la porte de sa chambre s'ouvrit, livrant passage à l'ami de Chiara, complètement nu…

Sans prononcer un mot, celui-ci se faufila dans le lit auprès d'elle et lui couvrit la bouche de la main pour l'empêcher de crier.

— Désolé, s'excusa-t-il. Mais pas tant que ça. Vous êtes plutôt jolie. Je comprends pourquoi le grand frère vous a épousée.

Sentant son haleine qui empestait l'alcool, Stasia se débattit avec force, sans pouvoir se dégager. Tout à coup, les lumières s'allumèrent et Rico apparut dans l'encadrement de la porte, bouillant de rage. Derrière lui, Chiara se haussait sur la pointe des pieds, affichant un air satisfait.

— Oh ! Stasia…, s'exclama-t-elle avec un trémolo très convaincant. J'ai essayé de te prévenir…

Les yeux brûlants de rage de Rico restaient fixés sur le jeune homme nu.

— Sortez de chez moi tant que vous le pouvez encore ! Je vous donne deux minutes, après quoi vous partirez d'ici sur une civière ! le menaça-t-il d'une voix effrayante.

L'ami de Chiara ne se le fit pas dire deux fois. Sortant du lit en un éclair, il fonça dans le couloir sans prendre la peine de se couvrir.

Stasia écarquilla les yeux. Comment était-ce arrivé ? Une minute plus tôt, elle était encore endormie ! Tremblant encore sous le choc, elle vit le regard de Rico braqué sur elle, et chercha instinctivement Chiara des yeux. Celle-ci se tenait toujours derrière son frère. Alors, elle comprit.

Chiara savait que, si Rico la trouvait en compagnie d'un homme, il la renverrait en Sicile. Ce qui, pour l'adolescente, aurait été pire que tout. Avait-elle envoyé son petit ami dans la chambre de Stasia pour échapper à ce sort ? Non, c'était impossible ! Chiara était incapable de faire une chose aussi vile...

Stasia se redressa, attendant que la jeune fille passe aux aveux. Hélas, non seulement celle-ci ne prononça pas un mot, mais elle eut l'audace de poser une main compatissante sur l'épaule de son frère. Celui-ci se dégagea avec une exclamation sourde et quitta la chambre, suivi de Chiara.

Stasia resta un moment interloquée, puis sa dignité reprit le dessus. Elle n'avait rien fait de mal, après tout. Rien !

Elle s'habilla en hâte et alla retrouver Rico dans son bureau. Une bouteille d'alcool était posée près de lui.

— Si tu es venue pour essayer de te tirer d'affaire, tu perds ton temps. Je ne veux rien entendre ! lança-t-il d'emblée, avant de vider son verre.

— Même pas la vérité ? lui demanda-t-elle.

— La vérité, c'est que j'ai trouvé ma femme au lit avec un autre homme ! Ton explication devra être très imaginative pour avoir une chance de me convaincre.

Stasia le regarda, désemparée. Ainsi, elle était jugée et condamnée d'avance.

— Tu n'as pas confiance en moi, n'est-ce pas ? Après tous ces mois passés ensemble et ce que nous avons partagé, tu ne me crois pas.

Les apparences étaient contre elle, elle se trouvait dans une situation inextricable. Dire la vérité revenait à dénoncer Chiara. Se taire anéantirait probablement leur mariage.

— Je crois ce que je vois, répondit-il.

— Réfléchis, Rico. Tu sais combien je t'aime. Je te le dis tout le temps.

— Tu me répètes aussi continuellement que tu es trop seule et que tu t'ennuies pendant mes absences. On dirait que tu t'es trouvé une distraction, ma chère et tendre épouse.

— Ce n'est pas ce qui s'est passé !

Il émit un son rauque semblable à un rugissement. C'était le cri d'un homme possessif et jaloux.

— Sors d'ici ! lâcha-t-il. Le temps que je décide de la conduite à tenir.

Ce refus catégorique de l'écouter provoqua la colère de Stasia.

— Que *tu* décides ? Oh ! Je vais t'épargner cet effort, Rico. Je te quitte ! J'en ai assez de cette relation qui ne ressemble à rien et que nous appelons un mariage. Assez de passer mes journées à attendre ton retour ! Tu ne veux pas de l'égalité dans notre couple. Tout ce que tu désires, c'est une maîtresse à demeure, et je ne veux plus jouer ce rôle ! Je mérite mieux que ça.

Et, sans attendre sa réponse, elle sortit en claquant la porte derrière elle. Elle ébaucha une grimace douloureuse en entendant le verre se briser contre le battant.

Stasia soupira. Elle ne pouvait plus rien changer à ce qui s'était passé. Il était beaucoup trop tard. Elle devait partir en secret, sans adieux maladroits, sans infliger à Chiara une nouvelle épreuve.

Il lui vint alors à l'esprit qu'elle n'avait pas besoin de valise. Tout ici appartenait à une existence qui n'était déjà plus la sienne. Elle partirait comme elle était venue — sans bagage.

S'interdisant de jeter un dernier regard au lit défait, elle prit son sac à main, vérifia que son passeport s'y trouvait et appela Gio pour lui demander d'avancer la voiture. Puis, profitant de la confusion qui régnait dans la maison avec l'arrivée du médecin, elle s'esquiva.

Bien que l'aube se levât à peine, il faisait déjà chaud.

Le cœur lourd, elle regarda le ciel, en pensant qu'une belle journée s'annonçait, qu'elle ne verrait pas.

Gio la fixa d'un air interrogateur.

— Vous partez ?

— Il est temps, Gio, répondit-elle avec un faible sourire. Ce n'était pas pour toujours.

Le garde du corps fronça les sourcils.

— Est-ce que le patron est au courant ? Parce que je vais devoir…

Oh, non! pas ça. Elle n'était pas douée pour les scènes d'adieu.

— Je dois partir, Gio, coupa-t-elle. Ne vous tracassez pas, Rico est au courant.

Elle ne mentait pas vraiment, se dit-elle tristement. Bien sûr qu'il savait. N'avait-il pas dit que ces retrouvailles ne dureraient que le temps de l'amnésie de Chiara ?

Tandis que la voiture fonçait en direction de l'aéroport, Stasia se retourna vers la villa pour embrasser une dernière fois du regard le paysage de son bonheur enfui.

— C'est fantastique ! Tu as un peu de retard sur la date, mais cela valait la peine d'attendre.

Mark fixait le tableau d'un œil admiratif.

— Oui, j'ai dû partir à l'étranger de façon précipitée, répondit Stasia avec raideur, tout en emballant la toile avec précaution.

Il y avait deux semaines qu'elle était de retour en Angleterre, et elle avait l'impression de vivre comme un automate. Depuis son départ de Sicile, la vie avait perdu tout attrait et elle n'avait plu aucun entrain.

— As-tu écouté un seul mot de ce que je viens de dire ?

demanda bientôt Mark en fronçant les sourcils, tandis qu'ils portaient le tableau vers la porte d'entrée.

Stasia secoua la tête.

— Désolée. J'étais ailleurs.

— Tu penses encore à lui, n'est-ce pas ?

Elle ébaucha un sourire désabusé.

— Que veux-tu, je suis une cause perdue.

Mark soupira.

— Dans ce cas, j'ai une bonne nouvelle pour toi, déclara-t-il en jetant un coup d'œil par-dessus l'épaule de Stasia. Il y a une rutilante voiture de sport qui use ses suspensions sur le chemin. Je pense que tu vas avoir un visiteur. Milliardaire, sicilien… Tu vois de qui je veux parler ?

Stasia sentit son cœur bondir dans sa poitrine. Cela faisait deux semaines qu'elle l'attendait ! Une éternité durant laquelle elle s'était torturé l'esprit en imaginant se qui s'était passé là-bas après son départ. Chiara avait-elle avoué ? Rico connaissait-il maintenant la vérité ? Et, si oui, partirait-il à sa recherche ?

Il semblait que oui…

Mais, curieusement, en voyant la voiture s'approcher, elle resta immobile. Même quand Rico en descendit, elle ne bougea pas.

Elle nota rapidement que ce n'était pas elle qu'il regardait. C'était Mark qui retenait toute son attention, et celle-ci était empreinte d'une hostilité flagrante. Tout dans son maintien et sa démarche indiquait qu'il était d'une humeur belliqueuse.

Mark aussi semblait l'avoir remarqué, car il recula, visiblement intimidé.

— Bon, je ferais peut-être mieux de partir…

— Sage décision ! commenta Rico avec une lueur de colère dans les yeux.

Stasia lui jeta un regard noir. A quoi jouait-il ? Il était beaucoup trop tard pour tenir le rôle du mari jaloux...

Elle aida son ami à installer le tableau à l'arrière de son van.

— Merci encore, Mark, dit-elle.

— Pas de quoi. Appelle-moi si tu as besoin, déclara-t-il en se glissant derrière le volant.

Il jeta un regard prudent en direction de Rico, et Stasia se hâta de refermer la portière. Puis elle s'écarta pour le laisser démarrer.

— Pourquoi le remerciais-tu ? questionna Rico d'un ton glacial.

Elle soupira. Elle n'était pas d'humeur à livrer bataille. Or, à voir la mine de son mari, c'était exactement ce qu'il cherchait.

— Cette scène est ridicule, marmonna-t-elle. Arrête de jouer les maris jaloux. Il n'y a plus rien entre nous. Comment va Chiara ?

— Tu le saurais si tu étais restée, répliqua-t-il en se passant une main dans les cheveux. Si jamais tu t'enfuis encore sans me parler d'abord, je ne réponds plus de rien.

Stasia le regarda avec étonnement. Elle était partie comme il l'avait voulu, non ?

— Comme toutes les femmes, tu es supposée exploser et avoir des crises de nerfs, déclara-t-il, visiblement à bout de patience. Et exposer tes sentiments. Tu n'es pas censée prendre la fuite.

— Parce que tu exprimes tes sentiments, toi ? Oh ! J'oubliais... Les hommes ne se livrent pas, et surtout pas les Siciliens. Si je comprends bien, il faudrait que je te dise tout ce que j'ai sur le cœur sans rien recevoir en retour.

— Tu n'y es pas du tout, répondit-il, avant de murmurer quelque chose en italien. Autrefois, je savais exactement ce que tu pensais. C'était une des choses que j'aimais chez toi. Tu étais si limpide, incapable de faire semblant. Quand tu étais heureuse, tu ne tenais plus en place et, quand tu étais en colère, tu cassais tout. Et tu me disais sans arrêt que tu m'aimais.

Ce qu'il n'avait jamais dit en retour. Pas une seule fois, songea-t-elle avec amertume.

— Cette conversation ne mène nulle part, Rico, décréta-t-elle. Je suis partie parce que nous n'avions plus rien à nous dire. Chiara a retrouvé la mémoire. Mon rôle s'arrêtait là.

— Non, justement, objecta-t-il d'une voix déterminée en se rapprochant d'elle. Tu dois savoir que je n'ai plus l'intention de divorcer.

Le pouls de Stasia s'accéléra. Aussitôt, elle devina la raison de ce revirement. Chiara... Chiara avait avoué la vérité. Elle regarda Rico, sentant un grand vide au fond d'elle-même. Que lui arrivait-il ? Elle aurait dû sauter de joie maintenant qu'il savait qu'elle était innocente. Mais, au fond, qu'est-ce que cela changeait à leur situation ? Rien.

— Ce n'est pas si simple, Rico, répondit-elle d'une voix saccadée, tu n'as pas voulu me croire. Et, si Chiara n'avait pas décidé de tout avouer, tu ne me croirais toujours pas. Je ne peux pas vivre avec quelqu'un comme toi. Que se passera-t-il la prochaine fois qu'elle se mettra en tête de cacher un de ses amis dans notre chambre ? Me feras-tu confiance ou faudra-t-il encore que je compte sur elle pour me disculper ?

Rico demeurait parfaitement immobile. Aucun muscle de son visage ne bougeait. Etait-il vexé qu'elle ait abordé ce sujet ? Qu'elle ait mis le doigt sur le problème qui avait miné leur couple ?

Il ouvrit la bouche et la referma, comme s'il cherchait ses mots.

— Redis-moi ça..., demanda-t-il d'une voix étranglée.

Stasia fronça les sourcils.

— Je disais seulement que l'aveu de Chiara ne change rien, déclara-t-elle. Tu ne m'as pas fait confiance. Ça veut tout dire.

Sa peau hâlée avait pris une teinte plus pâle, remarqua-t-elle, et ses yeux fixes semblaient dénués de toute expression.

Elle continuait de l'observer, ne sachant que penser de son étrange réaction.

— Je veux que tu me racontes exactement ce qui s'est passé cette nuit-là, ordonna-t-il.

— C'est pour ça que tu es venu ? Pour confronter ma version avec celle de Chiara ? Pourquoi maintenant ? Tu ne me l'as pas demandé, à l'époque.

— Mieux vaut tard que jamais. Je t'en prie, insista-t-il.

Stasia poussa un soupir et regarda autour d'elle.

— Ici ? Tu ne préfères pas entrer ?

Il tourna la tête du côté de la maison, comme s'il avait oublié où ils se trouvaient, et parut se ressaisir.

— Nous avons subi assez de traumatismes crâniens dans la famille. Je ne vais pas risquer de m'assommer dans ton cottage bas de plafond. Marchons. Et dis-moi tout.

— D'accord, acquiesça-t-elle en l'invitant à emprunter le sentier.

Stasia lui raconta par le menu les événements de cette nuit-là. Si elle hésita un peu en expliquant comment l'inconnu s'était glissé dans son lit, ce fut seulement en voyant le regard incendiaire de Rico. Elle demanda alors avec crainte :

— J'espère que tu n'as été trop sévère avec Chiara. De

toute évidence, elle regrette ce qu'elle a fait, puisqu'elle a tout avoué.

Rico s'arrêta net au milieu du chemin et se tourna vers elle en plongeant son regard dans le sien.

— Chiara n'a rien dit.

10.

Stasia se figea à son tour.

— Mais tu as dit…

Elle s'interrompit, essayant de se rappeler exactement ses paroles.

— Je n'ai rien dit, intervint Rico. C'est toi qui as supposé qu'elle avait avoué. Il se trouve que tu t'es trompée.

Le corps soudain glacé, Stasia porta une main à sa bouche, horrifiée.

— Oh, non ! Je ne peux pas le croire ! Mon Dieu ! Qu'ai-je fait ?

— Ce que Chiara aurait dû faire il y a un an, répondit-il froidement.

— Jamais, jamais je n'ai eu l'intention de la dénoncer, murmura Stasia.

— Pas même si cela avait pu sauver notre mariage ?

Il se passa une main sur la nuque et se mit à jurer en italien. Le voyant près de perdre son contrôle, Stasia se demanda comment sortir de cette impasse.

— Notre mariage allait déjà mal, Rico. Le simple fait que tu puisses imaginer que j'avais une liaison le prouve.

— Réfléchis un peu, riposta-t-il. Tu rentres à l'improviste et tu me trouves au lit avec une fille nue. Que penses-tu ?

Elle resta muette. L'image qu'il évoquait était si douloureuse qu'elle pouvait à peine s'y attarder.

— Allons, Stasia. Que penses-tu ? Que j'entretiens une liaison ! Tu aurais supposé ce que j'ai supposé, parce que nous sommes deux êtres passionnés, incapables de raisonner dans une telle situation.

Elle déglutit. Avait-il raison sur ce point ?

— Sur le coup, oui, admit-elle. Mais, après, en ayant réfléchi...

— Réfléchi ? répéta-t-il, visiblement furieux. Quand m'as-tu offert le luxe de réfléchir, Stasia ? Quand ? Je te rappelle que tu es partie !

— Mais tu croyais que...

— Que tu couchais avec un autre ? Oui ! Ensuite, j'ai cru que, si tu étais partie aussi précipitamment, c'était parce que tu ne voulais plus vivre avec moi. Encore une présomption raisonnable, étant donné les circonstances ! Si tu étais restée, déclara-t-il d'un ton plus grave, je serai sans doute parvenu à comprendre la vérité.

Le sang bourdonnait aux oreilles de Stasia. Elle ferma les yeux et se força à respirer profondément.

— Dis-moi, si tu ne connaissais pas la vérité, pourquoi es-tu venu ?

Rico ébaucha un sourire empreint d'autodérision.

— Parce que, cette fois, j'ai décidé de te suivre. Si j'avais pris cette même décision il y a un an, nous n'en serions sans doute pas là. *Dio !*

Il s'arrêta net et posa sur elle un regard inquiet. Puis, d'un mouvement souple, il la souleva dans ses bras avant qu'elle ait eu le temps de protester.

— Tu es toute pâle. Finalement, je crois que je préfère m'assommer contre tes fichues poutres. Tu as besoin de t'asseoir, et moi, je prendrais bien un verre.

— Si je suis pâle, c'est parce que tu me couvres toujours d'un chapeau. Et je ne veux pas m'asseoir, marmonna-t-elle en résistant à la tentation de blottir son front contre son cou. Je ne suis pas si faible…

Sans relever sa remarque, il fit demi-tour et marcha vers le cottage. Stasia était trop ébranlée pour continuer à lutter.

— Si ta présence ici n'a rien à voir avec Chiara, demanda-t-elle encore, pourquoi as-tu attendu deux semaines avant de me rejoindre ?

— Parce que j'ai pris le temps de réfléchir sans être constamment dérangé par ma famille, répondit-il en ouvrant la porte et en se baissant avec précaution pour franchir le seuil. Et j'ai analysé beaucoup de choses.

Il s'assit à même la table de la cuisine et la retint entre ses bras.

— Je croyais que tu voulais boire quelque chose…, dit-elle.

— Bonne idée. Qu'as-tu à m'offrir ? s'enquit-il en la relâchant.

— Du vin. Le seul alcool qu'il y a dans la maison. Ça ira ?

Il esquissa un sourire désabusé.

— Franchement, je n'en sais rien. Ça dépendra de tes réponses à mes questions. Il se pourrait que j'aie besoin d'un remontant plus fort que ça, déclara-t-il en saisissant la bouteille qu'elle lui montrait.

— Quelles questions ?

— Au sujet de Chiara.

Stasia se mordit la lèvre.

— Rico, je ne peux pas…

— C'est ce qu'on va voir, coupa-t-il en lui servant un verre. Finis, le tact et la sensiblerie, Stasia ! Ce que je veux maintenant, c'est la vérité. Et n'essaie pas de l'édulcorer.

Commence par me dire si ma sœur invitait souvent des garçons à la maison.

Stasia but une gorgée de vin.

— Assez fréquemment, oui, balbutia-t-elle.

Rico laissa échapper un soupir exaspéré.

— Tu ne m'en as rien dit…

— J'étais dans une situation impossible, expliqua-t-elle. Ta sœur me détestait. Comment me serais-je entendue avec elle si je t'avais rapporté toutes ses bêtises ?

Les mâchoires de Rico se contractèrent.

— Donc, tu l'encourageais…

— Non ! coupa-t-elle, à la fois blessée et furieuse. Tu es injuste ! Je lui parlais et j'essayais de l'inciter à bien se conduire. Le résultat, c'est qu'elle m'en a détesté davantage.

Il ferma les yeux, comme un homme qui se prépare à entendre une nouvelle qu'il ne va pas aimer.

— Et ces discothèques où tu l'emmenais ?

Stasia hésita, mais le regard de Rico lui rappela que la discrétion n'était plus de mise.

— Je ne l'ai jamais entraînée, répondit-elle. Je la suivais, pour la persuader de rentrer à la maison. Si tes gardes du corps avaient fait correctement leur travail, ils t'auraient rapporté que Chiara arrivait la première, et moi ensuite. Nous n'étions pas ensemble.

— Tu aurais dû m'en parler.

— Quand ? demanda-t-elle avec lassitude. Quand t'aurais-je parlé, Rico ? Tu n'étais jamais là. Je te voyais seulement la nuit. Nous n'avions même pas de conversation sur notre relation, alors le reste… Nous faisions l'amour, puis nous nous endormions. Point final.

Il se raidit.

— Mes affaires traversaient une passe difficile, à cette époque...

— Vraiment ? s'étonna-t-elle doucement. Je n'en avais aucune idée. Je croyais que tu travaillais toujours ainsi, et que tu voulais juste passer tes nuits avec moi.

Il grimaça, visiblement vexé par son accusation.

— C'est faux.

— Mais c'était tout ce que nous avions, Rico. Je n'ai rien fait pour arranger les choses, je m'en rends compte maintenant. Chiara n'est pas responsable de l'échec de notre mariage. C'est nous-mêmes qui avons tout gâché.

Il secoua la tête.

— C'est toi qui t'es persuadée que notre mariage était une erreur. Alors, tu t'es mise en tête de travailler, pensant que tu aurais bientôt besoin d'un revenu propre. Après ce que tu m'as confié sur ton père, je comprends ton souci d'indépendance. Mais je ne t'aurais jamais laissée sans ressources, même au plus fort de notre mésentente.

— Je n'ai jamais voulu de ton argent, gémit-elle. Ni quand nous étions mariés ni quand nous nous sommes séparés.

Il jeta un regard circulaire à son intérieur modeste et un sourire mystérieux joua sur ses lèvres.

— C'est ce que je vois.

Stasia se raidit, aussitôt sur la défensive.

— J'aime cette maison. J'adore la campagne anglaise.

— Oh ! Je n'ai rien contre le paysage, ironisa-t-il. Seulement contre la hauteur des plafonds qui m'oblige à marcher courbé. Ce qui m'amène à l'autre raison de mon silence de deux semaines.

— Quelle autre raison ?

Il laissa échapper un soupir de dépit.

— Ce tête-à-tête ne se passe pas du tout comme je l'avais

prévu. Je pensais te demander pardon. Puis je t'aurais donné mon cadeau, et nous aurions vécu heureux pour toujours.

Elle l'étudia en silence, tout en assimilant le sens de ses paroles. Pour toujours ? Un autre cadeau ? Ainsi, il n'avait pas compris. A moins que...

— Tu es venu t'excuser ? demanda-t-elle, intriguée. Mais tu ne savais même pas que Chiara...

— Je venais te présenter mes excuses pour le reste. Maintenant, je ne sais plus où j'en suis.

— Commence par ce que tu voulais me dire avant que je te parle de Chiara, suggéra-t-elle prudemment.

Il fronça les sourcils et ferma les yeux quelques secondes.

— Très bien. Laisse-moi d'abord te dire que tu étais très différente des femmes que j'avais rencontrées jusque-là.

— Trop, sans doute...

— Laisse-moi finir, coupa-t-il. Ce genre de discours n'est pas ma spécialité. Si tu m'interromps, je ne suis pas sûr de pouvoir recommencer.

Malgré les émotions qui l'assaillaient, Stasia réprima un sourire. C'était bien Rico. Autoritaire et pointilleux en tout !

— Continue.

— J'aimais le fait que tu sois différente, avoua-t-il d'une voix bourrue. Et si anticonformiste. Puis nous nous sommes mariés, et j'ai voulu que tu t'adaptes à ma vie très conventionnelle. Je comprends maintenant que je t'étouffais. Ce n'est pas surprenant que tu aies été malheureuse. Je traversais une période difficile sur le plan professionnel et, en rentrant, j'étais si fatigué que je m'écroulais sur le lit.

— Tu avais encore de l'énergie pour certaines choses..., dit Stasia en souriant avec malice.

Il ne lui rendit pas son sourire.

— Je me rappelle ce que tu m'as dit dernièrement : que je te traitais comme une maîtresse. C'est vrai et j'en ai honte, *cara mia*. Il faut dire que celles que j'ai séduites avant toi étaient trop heureuses de passer leurs journées à utiliser ma carte de crédit et leurs nuits à me remercier. Alors, j'ai pensé que tu étais comme les autres. J'ai plus appris sur toi durant ces dernières semaines que pendant toute la durée de notre mariage.

— Vraiment ?

— Oui. Tu es une femme chaleureuse, aimante et extrêmement indulgente. Oui, *indulgente*, répéta-t-il en fermant les yeux. Car, malgré le tort qu'elle t'a causé, tu es venue en aide à ma sœur. Ça a dû être très pénible.

— Pas tant que ça. Elle est jeune et…

Le regard de Rico se durcit.

— Sa conduite est impardonnable. Le moment venu, je lui parlerai.

— Alors, c'est pour me demander pardon que tu es venu ? demanda-t-elle, osant à peine formuler sa question.

— Et te dire que le divorce était annulé. Je pense avoir été clair là-dessus.

Le cœur de Stasia bondit dans sa poitrine, mais elle voulait rester prudente.

— Pourtant, rien n'a vraiment changé, Rico.

— Tout a changé, au contraire, affirma-t-il en lui prenant la main. Cette fois, j'ai compris ce que tu désirais, et je vais te le prouver.

Ce qu'elle voulait, c'était son amour… Mais, comme d'habitude, c'était la seule chose qu'il n'avait pas mentionnée.

— Où allons-nous ? demanda-t-elle comme il l'entraînait vers la porte.

— Voir cette deuxième raison pour laquelle il m'a fallu

patienter deux semaines avant de venir ici. J'ai été très occupé.

Intriguée par son air satisfait qui frisait l'arrogance, elle le suivit jusqu'à sa voiture.

Ils roulèrent pendant quelques minutes, puis empruntèrent une route secondaire bordée d'arbres. Au bout de quelques centaines de mètres, ils remontèrent l'allée d'un domaine privé. Rico gara la voiture et ils continuèrent à pied.

— Tu disais que je ne te comprenais pas ? Voici la preuve du contraire, déclara-t-il d'un air ravi. Je sais combien tu aimes la campagne anglaise. Le problème, c'est que je ne peux pas vivre dans une maison plus petite qu'une salle de bains ordinaire. Alors, voici mon compromis.

L'attention de Stasia se porta enfin sur le splendide manoir qui se dressait devant eux. Elle jeta un regard surpris vers son compagnon.

— Pardon, mais quel rapport avec nous ?

— Eh bien, cette maison nous appartient, annonça-t-il d'un ton nonchalant.

Stasia se figea, bouche bée.

— Elle est… à *nous ?*

— Exact, répondit-il avec un sourire confiant. Tu aimes la campagne. Je t'ai acheté ceci. Après ça, dis-moi que je ne te comprends pas.

Stasia ferma les yeux.

— Tu es contente ? s'enquit Rico.

— Non ! lâcha-t-elle, les dents serrées, en se demandant s'il existait au monde un homme plus exaspérant que Rico Crisanti. Et, si tu veux le savoir, je résiste en ce moment à la tentation de t'étrangler !

— *Cosa ?* Ce n'est pas à ton goût ?

Elle rouvrit les yeux et vit qu'il la regardait avec une sincère incrédulité.

— Bien sûr que si. C'est splendide. N'importe qui aimerait cette maison.

— Dans ce cas, pourquoi veux-tu m'étrangler ?

— Parce que, contrairement à ce que tu penses, tu ne me comprends pas du tout ! s'exclama-t-elle d'une voix soudain brisée par l'émotion. Ça n'a rien à voir avec la campagne anglaise, Rico. Ce qui m'importe avant tout, c'est le partage, les décisions prises à deux, la complémentarité dans le couple. Je ne veux pas que *tu m'offres* une maison, aussi splendide soit-elle. Je tiens à ce qu'on la choisisse *ensemble !*

Il se raidit, marmonna quelque chose en italien et s'éloigna un peu en direction du magnifique jardin.

Stasia se laissa tomber sur un carré de pelouse et se mit à sangloter. Ils étaient si différents ! Pas étonnant que leur relation n'ait eu aucune chance…

Quand enfin elle se calma, Rico se tenait devant elle.

— Je pensais pourtant que c'était parfait, dit-il en écartant les mains. Depuis que je t'ai retrouvée, j'essaie tellement de te comprendre que c'est devenu une obsession. D'abord l'atelier, puis ce manoir… Sans compter qu'au travail je délègue tant de tâches que mon personnel a du mal à me reconnaître.

Stasia s'essuya les joues.

— Rico…

— Je ne suis pas habitué aux femmes qui décident, poursuivit-il sans relever l'interruption. Depuis la mort de mon père, j'ai pris toutes les décisions pour les femmes de ma famille. Je ne connais pas ce dont tu parles. Mais je peux apprendre.

— Pourquoi le voudrais-tu ?

— Parce que je tiens à ce que notre mariage dure, même si cela signifie un long apprentissage pour nous deux.

— Mais… je n'ai rien de ce que tu souhaites chez une femme.

Rico esquissa un sourire désabusé.

— Tu es *exactement* ce que je souhaite chez une femme, *cara*.

— Je ne parlais pas d'érotisme…

— Moi non plus, assura-t-il. Crois-moi ou non, j'adore ne pas savoir où j'en suis avec toi. Même quand je t'offre une maison et que tu me la jettes, pour ainsi dire, à la figure.

Stasia se mordit la lèvre d'un air contrit.

— C'est une splendide demeure.

— Je la vendrai et nous en choisirons une autre ensemble.

— J'aime celle-ci. Je n'en choisirai pas d'autre.

Une expression exaspérée traversa les traits de Rico. Il lui prit la main et la força à se lever.

— T'ai-je déjà dit que tu étais la femme la plus insupportable que j'aie jamais rencontrée ? maugréa-t-il.

Elle déglutit péniblement, avant d'expliquer :

— Au sujet de l'atelier, c'est vrai, j'ai été blessée, parce que je pensais que tu faisais cela pour Chiara.

— A ce moment-là, j'avais cessé de songer à ma sœur, avoua-t-il, tendu. Je ne pensais qu'à toi et moi, et à te faire plaisir.

Les yeux de Stasia se remplirent de nouveau de larmes, et il se mit à jurer.

— Je ne t'ai jamais vu autant pleurer…

— C'est parce que tu fais tous ces efforts… et que c'est inutile, gémit-elle

— Pourquoi serait-ce inutile ? s'écria-t-il, à bout de patience. Dis-moi ce que je dois faire pour que nous parvenions à nous entendre !

Stasia s'essuya les joues.

— Aime-moi. Je te demande de m'aimer..., murmura-t-elle d'une voix à peine audible.

Il y eut un silence vibrant et il la regarda avec incrédulité.

— T'aimer ?

— Oui, répondit-elle d'une voix tremblante. Cette maison est superbe, l'atelier est superbe, mais la vérité, c'est que je vivrais dans une hutte avec toi, Rico. La seule chose que je désire, c'est... ton amour. Voilà ce que tu n'as jamais compris, ce que tu ne m'as jamais donné.

— Attends une minute, déclara-t-il en secouant légèrement la tête comme s'il avait besoin de clarifier ses idées. Tu penses que je ne t'aime pas ?

— Je le *sais*, corrigea-t-elle.

Il haussa les sourcils.

— Je viens d'acheter une maison à un prix fou dans un pays où les routes sont impraticables et où la pluie tombe sans arrêt ! J'ai abandonné mon bureau à la villa pour le transformer en atelier de peinture ! Pourquoi penses-tu encore que je ne t'aime pas ?

— Parce que tu ne me l'as jamais dit, murmura-t-elle.

— Je t'ai tout donné. Ça devrait te dire que je t'aime.

— Ta seule façon de montrer ton amour, c'est de pourvoir aux besoins des tiens, dit-elle doucement. Mais je veux te l'entendre dire, Rico. J'en ai besoin.

Il esquissa une grimace.

— Très jeune, je me suis imposé de ne pas prononcer ces mots-là, et c'est devenu une habitude. J'avais peur de devenir vulnérable. Mais ne pas les dire ne change rien à mes sentiments. Je t'aime, Stasia. Depuis le début.

Le cœur battant, elle ferma les yeux. Pour la première fois de sa vie, elle connaissait un bonheur absolu.

— Je pensais que tu le savais, reprit Rico avec un soupir. Pourquoi, dans ce cas, as-tu accepté de m'épouser ?

— Parce que... je t'aimais assez pour deux, avoua-t-elle.

— Oh ! Stasia... J'ai tant besoin de toi. Je suis fou à l'idée de te perdre. Je suis capable de tout pour te reconquérir. Et... je t'aime, déclara-t-il d'une voix rauque. *Ti amo, cara mia.*

— Dis-le encore.

Il l'attira contre lui et la serra à l'étouffer.

— En anglais ou en italien ?

— En italien, murmura-t-elle. Tu sais comment je réagis à cette langue.

— Oui, je sais ce qui arrive quand je te parle en italien, répondit-il malicieusement en l'entraînant vers la voiture. Je crois que nous ferions mieux de partir d'ici si nous ne voulons pas être arrêtés pour outrage aux bonnes mœurs. Je me passerais volontiers de ce genre de publicité.

Stasia monta sans hésiter, le corps vibrant déjà de désir pour cet homme qu'elle aimait de tout son cœur.

— Où allons-nous ?

— Dans l'endroit le plus proche où nous pourrons avoir un peu d'intimité, dit-il en appuyant sur l'accélérateur. Ton cottage...

Elle plaça une main sur sa cuisse ferme et sentit les muscles se tendre sous ses doigts.

— Je croyais que tu détestais ma maison...

— Je serai couché, murmura-t-il, le regard plein de promesses. La hauteur de plafond n'aura pas d'importance.

— Je t'aime, Rico.

La main droite de son mari couvrit la sienne.

— *Ti amo, cara mia. Per sempre.* Pour toujours.

collection *Azur*

Ne manquez pas, le 1er juin :

LE CADEAU DE LA PASSION, de Kim Lawrence • *N°2591*

Bouleversée, Megan apprend qu'elle est enceinte de l'homme avec lequel elle a passé, trois mois plus tôt, une unique nuit d'amour... Un homme qui lui a menti sur son identité et qu'elle a fui. Aujourd'hui qu'elle porte son enfant, elle se voit contrainte de le revoir. Mais comment pourrait-elle lui faire confiance alors qu'il a abusé de sa naïveté ?

SÉDUCTEUR ET MILLIARDAIRE, de Emma Darcy • *N°2592*

A peine Serena voit-elle Nic Moretti qu'elle tombe sous son charme. Même si elle est déterminée à résister à tout prix à ce play-boy multipliant les conquêtes, il suffit d'un baiser passionné pour qu'elle succombe... Désemparée par l'intensité de ses sentiments, elle ne redoute plus qu'une chose : que Nic la quitte lorsqu'il se sera lassé d'elle...

UNE LEÇON DE CHARME, de Anne McAllister • *N° 2593*

Afin d'inciter son fiancé à la demander enfin en mariage, Molly veut apprendre à mettre en valeur sa féminité. Pour cela, elle s'adresse au très troublant Joaquin Santiago. Au fil des leçons, de plus en plus brûlantes, qu'il lui prodigue, la jeune femme pressent qu'elle va faire un apprentissage très différent de celui qu'elle avait imaginé...

LE SERMENT TRAHI, de Trish Wylie • *N°2594*

Pour en finir avec un passé douloureux, Abby écrit à Ethan, l'homme qu'elle a aimé huit ans auparavant, et qu'elle a épousé en secret avant qu'il ne l'abandonne sans aucune explication. Aujourd'hui, décidée à refaire sa vie, elle veut s'assurer que le divorce a bien été prononcé. Mais le retour d'Ethan va de nouveau bouleverser toute son existence...

Et les 4 autres titres...

Les séducteurs de l'été

***UN ÉTÉ SICILIEN**, de Sharon Kendrick* • *N°2595*

Kate ne s'attendait pas à tomber sous le charme de Giovanni Calverri, un Sicilien fier et arrogant qu'une femme indépendante comme elle aurait dû fuir comme le diable. Pourtant, elle cède bien vite à son désir… avant de voir son rêve se briser quand elle comprend que l'homme qu'elle aime ne lui offre qu'un rôle de maîtresse à ses côtés…

***L'AMANT DE VENISE**, de Catherine George* • *N°2596*

Tour du Monde

Jamais Laura n'aurait rêvé découvrir Venise au bras d'un homme si séduisant, chargé de la piloter lors de ses quelques jours de vacances. Mais en apprenant que celui-ci est un riche homme d'affaires, et non un employé de l'hôtel comme elle le croyait, elle pressent que tout deux vivent dans des mondes trop différents pour jamais se rejoindre. Et pourtant…

***UN DÉSIR ENIVRANT**, de Sandra Marton* • *N°2597*

Héritage pour 3 play-boys

Pour rencontrer ses demi-frères dont il ne savait rien jusqu'à aujourd'hui, Jake doit accepter une mission : prendre en charge la filleule de son père à sa sortie du couvent, et lui trouver un mari dans les deux mois. Mais comment la laisser partir avec un autre homme alors qu'il la désire avec passion ?

***LE SECRET DE SOUTHERN CROSS**, de Barbara Hannay* • *N°2598*

La saga des McKinnon

Cette fois, Sarah doit affronter la réalité : luttant visiblement contre lui-même, Reid McKinnon s'est de nouveau détourné d'elle… Déçue et blessée, elle décide de tout quitter pour échapper à son chagrin. Mais pourra-t-elle cesser un jour de se demander quel est le terrible secret qui empêche l'homme qu'elle aime de s'abandonner à ses sentiments ?

Collection Azur

8 titres le 1er de chaque mois

Ce mois-ci, ne manquez pas votre deuxième rendez-vous avec

Héritage pour 3 play-boys

Cette fois-ci, faites la connaissance d'Anton, stupéfait d'apprendre, le même jour, qu'il a deux demi-frères dont il ignorait tout, et qu'il ne pourra les rencontrer que s'il épouse celle qu'il a aimée avec passion six ans plus tôt ! N'est-ce pas là pour lui l'occasion de se venger de la belle et impétueuse Cristina, qui l'a autrefois dédaigné ?

Pour le savoir, découvrez sans plus attendre

Brûlante confrontation

— Azur n° 2589 —

BEST SELLERS

Les Best-Sellers Harlequin, c'est la promesse d'une lecture intense : romans policiers, thrillers médicaux, drames psychologiques, sagas, ce programme est riche d'émotions.

Ne manquez pas, dès ce mois-ci :

L'ennemi de l'ombre, de Karen Harper • N° 254
Lorsqu'elle arrive à Maplecreek, dans l'Ohio, Kat Lindley espère oublier le drame terrible qui l'a contrainte un an plus tôt à quitter la police. Mais elle est loin de trouver sur place le calme et la sérénité auxquelles elle aspirait… Depuis peu en effet, les Amish de la région – et leurs enfants en particulier – sont victimes d'agressions répétées. Qui peut nourrir une telle haine à leur encontre ? Et surtout, où s'arrêtera cette violence aveugle ?
C'est alors que Kat se voit proposer une mission inattendue : vivre incognito parmi les Amish afin de démasquer leur ennemi…

Un parfait coupable, de Maggie Shayne • N° 255
Diriger la police de Blackberry, dans le Vermont ? Pour Cassandra Jackson, c'est une chance à ne pas laisser passer. Mais à peine est-elle arrivée que, une nuit, elle découvre un inconnu réfugié chez elle. Mal en point, amaigri, l'homme est en fait Michael Corbett, un fugitif échappé de l'hôpital où il a été interné après le meurtre de sa femme. Corbett n'a aucun souvenir du drame, mais il sait qu'on a tenté deux fois de le supprimer depuis, et il veut savoir s'il est réellement l'assassin que prétend la police. Et son désespoir est tel que, malgré les risques pour sa carrière – et sa propre vie –, Cassandra décide de l'aider à lever les zones d'ombre qui planent sur cette affaire…

L'œil du témoin, de Sharon Sala • N° 256
Pour China Brown, la vie bascule un soir d'hiver, à Dallas, lorsqu'elle voit une inconnue tuer froidement un célèbre paparazzi dans la rue. Repérée par la meurtrière, elle est à son tour abattue de deux balles…

Par miracle pourtant, China survit à ses blessures. Désormais seul témoin dans une affaire qui menace d'ébranler la haute société de Dallas, elle reçoit la protection d'un inspecteur, Ben English. Commence alors une course contre la montre pour identifier l'assassin avant qu'il ne retrouve la jeune femme…

Mortel enjeu, de Tara Taylor Quinn • N° 257

Kate Whitehead avait tout pour elle. La richesse. La renommée. Un mari très en vue. Jusqu'au jour où, enceinte de six mois, elle a fui l'enfer qu'elle vivait au quotidien auprès de cet homme aussi influent que violent.

Deux ans plus tard, Kate est devenue Tricia Campbell. Elle a donné naissance à un petit garçon et refait sa vie à San Diego. Mais elle qui vit dans la hantise d'être retrouvée découvre soudain avec stupeur que son mari est accusé de l'avoir tuée. Pour Tricia, il faut désormais choisir : laisser un innocent risquer la peine capitale pour un crime qu'il n'a pas commis, ou le sauver au risque de le voir ensuite se retourner contre elle… et son enfant.

Les serments du cœur, de Susan Wiggs • N° 258

A Winslow, petite station balnéaire du Rhode Island, Rosa Capoletti savoure pleinement le succès de son restaurant. Quelle belle ascension pour elle qui est partie de rien… Mais sa vie est bouleversée le jour où elle voit resurgir Alex Montgomery, un riche héritier avec qui elle a connu autrefois une folle passion – jusqu'à ce qu'il la quitte sans un mot au moment où elle faisait face à une douloureuse tragédie familiale. Le temps a passé depuis, mais l'un et l'autre constatent vite que, entre eux, l'amour est toujours là, intact. Seulement, peuvent-ils se donner une nouvelle chance, quand tant de non-dits et de malentendus les séparent ?

Dangereuse alliance, de R. J. Kaiser • N° 111 (Réédition)

Une femme traquée. Voilà ce qu'est devenue Stephanie Reymond à la mort de son mari. Parce que celui-ci s'est compromis avec des truands, elle se retrouve soudain poursuivie par des hommes bien décidés à récupérer les millions de dollars qu'ils avaient confiés au défunt. Et ils sont prêts à tout pour ça. Y compris à tuer… Seule face à eux, Stephanie ne peut que fuir. Fuir… et espérer ne pas commettre une grave erreur en décidant de s'en remettre à un marin au passé trouble, Jack Kidwell, pour l'aider à s'en sortir vivante…

ABONNEZ-VOUS!

2 livres gratuits*
+ 1 bijou
+ 1 cadeau surprise

Choisissez parmi les collections suivantes

AZUR : La force d'une rencontre, l'intensité de la passion.
6 romans de 160 pages par mois. 21,78 € le colis, frais de port inclus.

EMOTIONS : L'émotion au cœur de la vie. 3 romans de 288 pages par mois.
16,38 € le colis, frais de port inclus.

BLANCHE : Passions et ambitions dans l'univers médical.
3 volumes doubles de 320 pages par mois. 18,36 € le colis, frais de port inclus.

LES HISTORIQUES : Le tourbillon de l'Histoire, le souffle de la passion.
3 romans de 352 pages par mois. 18,51 € le colis, frais de port inclus.

PASSION : Rencontres audacieuses et jeux de séduction.
6 romans de 192 pages par mois. 22,38 € le colis, frais de port inclus.

DÉSIRS : Sensualité et passions extrêmes.
2 romans de 192 pages par mois. 9,06 € le colis, frais de port inclus.

DÉSIRS/AUDACE : Sexy, impertinent, osé.
2 romans Désirs de 192 pages et 2 romans Audace de 224 pages par mois.
17,62 € le colis, frais de port inclus.

HORIZON : La magie du rêve et de l'amour.
4 romans en gros caractères de 224 pages par mois. 15,72 € le colis, frais de port inclus.

AMBRE : Romantique, intense, passionnée. 2 volumes doubles de 480 pages par mois. 14,76 € le colis, frais de port inclus.

BEST-SELLERS : Des grands succès de la fiction féminine.
3 romans de plus de 350 pages par mois. 20,94 € le colis, frais de port inclus.

BEST-SELLERS/INTRIGUE : Des romans à grands succès, riches en action, émotion et suspense. 2 romans Best-Sellers de plus de 350 pages et 2 romans Intrigue de 256 pages par mois. 23,70 € le colis, frais de port inclus.

MIRA : La passion de lire. 2 romans grand format de plus de 400 pages par mois. 23,20 € le colis, frais de port inclus.

JADE : Laissez-vous emporter. 2 romans grand format de plus de 400 pages par mois. 23,20 € le colis, frais de port inclus.

Attention: certains titres Mira et Jade sont déjà parus dans la collection Best-Sellers.

VOS AVANTAGES EXCLUSIFS

1.Une totale liberté
Vous n'avez aucune obligation d'achat. Vous avez 10 jours pour consulter les livres et décider ensuite de les garder ou de nous les retourner.

2.Une économie de 5%
Vous bénéficiez d'une remise de 5% sur le prix de vente public.

3.Les livres en avant-première
Les romans que nous vous envoyons, dès le premier colis, sont des inédits de la collection choisie. Nous vous les expédions avant même leur sortie dans le commerce.

Composé et édité par les
éditions Harlequin
Achevé d'imprimer en avril 2006

BUSSIÈRE
GROUPE CPI

à Saint-Amand-Montrond (Cher)
Dépôt légal : mai 2006
N° d'imprimeur : 60605 — N° d'éditeur : 12056

Imprimé en France